「うふふ、そんな硬く
ならなくても結構です
クラスメイトなのですか
JN034958
住之江千佳
すみのえちか
伊月と同じクラスの、
大手IT企業の清楚系お嬢様。
天王寺さんの右腕的存在と
自認しており、最近天王寺さんと
仲の良い伊月のことを
気にしている。

二人きりで
息抜きデート！
「さあ、では踊りましょうか」

ホールドの姿勢を
保ちながら、天王寺さんと
一緒に身体を半回転させる。
その動きは我ながら
とても滑らかで、
一切の抵抗を感じなかった。

——俺は、雛子と対等になりたい
だ。
伊月の言葉が、声が、
表情が、雛子の頭で蘇る。
「か…………かっこ、
いい〜〜〜〜〜
…………っ!!」
抑えきれない激情を少しでも
発散するかのように、
両足を上下に動かす。
枕に顔を何度もこすりつけるが、
心は当分落ち着きそうにない。

才女のお世話 6

高嶺の花だらけな名門校で、学院一のお嬢様（生活能力皆無）を陰ながらお世話することになりました

坂石遊作

HJ文庫
1098

口絵・本文イラスト　みわべさくら

プロローグ 005
一章◆お茶会同盟 014
二章◆住之江千佳 123
三章◆チャレンジャー 165
四章◆マネジメント・ゲーム 236
五章◆交渉 275
エピローグ 291

contents

◆ ◆ ◆

saijo no osewa

story by yusaku sakaishi
illustration by sakura miwabe

プロローグ

此花雛子の朝は早い。

正確には、伊月に対する恋心を自覚してから少しだけ早くなった。

「……んむ」

目覚まし時計が鳴り、雛子は目を覚ます。

今まで目覚まし時計を使ったことは殆どない。子供の頃に一度だけ使ってみたところ音がうるさくて、それ以来、使用人に起こしてもらうことにしていた。

しかし最近は、この時計で目を覚ましている。

（しまった……あんまり時間がない）

時刻を確認した雛子は、急いで洗面所へと向かった。

傍にあった櫛を使い、鏡を見ながら髪型を軽く整える。

（……よし）

静音から何度も教えてもらった甲斐あって、寝癖を直すことに成功する。まだ幾らか乱れている箇所はあるが、時間がないので仕方ない。

雛子は再びベッドに潜った。

そして、狸寝入りする。

（伊月が来るまで……あと一分）

最後に時計を一瞥し、雛子は目を閉じた。

恋心を自覚した雛子は、今、大きな矛盾を抱えている。

——これからも伊月に甘えたい。

——でも、変な姿は見せたくない……っ！

というわけで雛子は、伊月に起こされるちょっと前に一人で起き、こっそり服装や髪型の乱れを整えていた。

以前、思いっきり涎を垂らしていた姿を伊月に見られたことがある。

もうあんな姿は見せたくない。

でも……朝起こしに来てくれるのは嬉しいのだ。

だから、起こしに来てくれる使用人は静音に変更せず、伊月のままにしている。

狸寝入りを始めてから一分が経つと、控えめにドアがノックされた。

「雛子、朝だぞ」

（来た……！）

雛子はドキドキしながら布団で顔を隠した。……隠さないと、ニヤニヤしてしまいそうだから。伊月は毎朝自分を起こしに来てくれるが、恋心を自覚してからは日に日に嬉しさが増えているような気がする。

「今日から二学期か。……気合入れないとな」

伊月はカーテンを開けながら、独り言を口にした。

そういえば今日は始業式だった。今更そんなことを思い出す。

「雛子、そろそろ起きろ。今日は学校だぞ」

「……ん」

あたかも今起きたかのように、雛子は返事をした。

上半身を起こすと、伊月と目が合う。

「おはよう、雛子」

「……おはよう、伊月」

ソワソワとしながら、雛子は伊月の反応を待った。

……可愛いって言ってほしい。

そんな雛子の思いを察したのか、伊月は雛子をじっと見つめながら口を開き――。

「……なんか最近、寝起きにしては髪とか整ってないか？」

「ななな、なんのことか……分からない」

雛子は激しく目を泳がせた。

思えば、伊月がお世話係になってから半年近く経っている。その間、ほぼ毎日のように伊月に寝起きの姿を見せていたため、変化には気づいたが感動よりも違和感が先にきてしまったのかもしれない。

しかし……まだだ。

雛子は次の作戦に出る。

「か、髪……整えて」

「ああ。そこに座ってくれ」

雛子が椅子に腰を下ろすと、伊月が櫛を持って背後に立った。

(ここで、うなじを見せる……っ！)

百合から借りた少女漫画に描いてあった。――男性は、異性のうなじを見るとドキドキするらしい。

雛子は髪を掻き上げ、伊月にうなじを見せた。

チラチラと伊月の様子を窺うが……これといって反応がない。

「……伊月」

「ん？」

「何か……ない？」

「何かと言われても……」

雛子の問いに、伊月は困ったような声を零し、

「あ」

「な、何……？」

「ここに大きな寝癖があるぞ」

そう言って伊月は雛子の後頭部に触れた。

「むー……」

「な、なんだ？　違ったのか……？」

雛子は頰を膨らませ、抗議するような目で伊月を見る。

物心つく頃から使用人に身だしなみを整えてもらっていたのだ。やはり自分一人では上手に整えられない。静音に頼ることも考えたが「どうして伊月さんに内緒で起きなくちゃいけないんですか？」と絶対に訊かれてしまうので遠慮した。……いくら相手が静音とはいえ、この気持ちを打ち明けるのはまだ恥ずかしい。

一体どうすれば、伊月に好きになってもらえるのだろう……？

作戦がうまくいかなかったことに不満を抱く。

しかし、伊月に優しく髪を梳かされていると、勝手に顔が綻んだ。

◆

制服に着替えた雛子と共に、黒塗りの車に乗る。

今日から貴皇学院は二学期だ。この日は始業式とＨＲしかないため午前中で解散となるが、俺は前日に天王寺さんたちと連絡を取り合い、いつものメンバーでお茶会をする予定となっていた。勿論、雛子も一緒に。

（なんか、今日の雛子……ちょっと色っぽかったな）

動き出した車の中で、隣にいる雛子を一瞥する。

最近、雛子がおかしい。

おかしいと表現していいのか分からないが……以前と比べてきっちりしているような気がする。寝癖の量が減っているし、食事中の所作も綺麗になった。

雛子なりに成長したのだろうか……そう思ったこともあるが、

「……ん」

「雛子、どうした？」

「ね……眠い」

どこかぎこちない返事と共に、雛子は俺の方へ寄りかかってきた。

微かに耳が赤く染まっている。……本当に眠いのか？

きっちりするようになったかと思えば、こうして以前と同じように甘えてくる。

まあ、幸せそうなので問題ないと思うが……。

「伊月さん、そろそろです」

「はい」

俺と雛子が同じ車で登校していることはバレてはならない。だから俺が先に車から降りて、その後で雛子が降りる。一学期の頃からやっていることだ。

前に一度、別々の車で登校したらいいんじゃないかと提案したが、それは雛子が却下した。たとえ車の中だけとはいえ、できる限り一緒に登校したいらしい。

しかし一ヶ月ぶりの学院だからか、この日の雛子はちょっとだけ抵抗の意思を見せた。

「静音。伊月と一緒に登校しちゃ駄目……？」

今まで我慢していたことに、雛子が不満を漏らす。

静音さんはいつになく難しい顔をした。

「お嬢様。その……お気持ちは分かりますが、あまり無茶をしてはいけませんよ」

「ん。確認してみただけだから、大丈夫。……既成事実を作ろうとするヒロインは、大体報われないし……」

なんだかよく分からない結論に至っているようだが、取り敢えず納得したらしい。

既成事実って……雛子はその言葉の意味を知っているのだろうか？　三秒ルールも知らなかった雛子が、その手の知識に詳しいとは思えないが。

「……あの、お嬢様。ダニング＝クルーガー効果というものを知っていますか？」

「？　能力の低い人ほど、自分を過大評価するという認知バイアスのこと？」

「その通りでございます。より噛み砕いて説明すると、素人ほど自信過剰になってしまう現象のことですね」

急に静音さんは難しい話をしだした。

心理学の授業なんて受けたことないが、俺もその単語自体は知っている。ということはそれなりに有名なものなのだろう。

「静音……私はこう見えて、完璧なお嬢様と呼ばれている」

「はい」

「私が、そんな認知バイアスにかかることはない……！」

「…………………はい」

静音さんが、絞り出したような声で肯定した。

結局、二人の会話の内容は、最後まで俺には理解できないものだった。

首を傾げていると、静音さんがわざとらしく「コホン」と咳払いする。

「そういえば」

流れゆく街の景色を眺めながら、静音さんは言った。

「二学期からは、マネジメント・ゲームが始まりますね」

一章◆お茶会同盟

「二学期が始まりました。……というわけで皆さんお待ちかねの、マネジメント・ゲームが開催されます！」

始業式が終わって教室へ移動したあと、二年A組の担任である福島三園先生は、普段よりも高めのテンションで説明を始めた。

「殆どの方は知っていると思いますが、念のため説明しておきましょう。――マネジメント・ゲームとは、文字通り生徒が経営について学ぶ貴皇学院の名物授業です。これから皆さんは一ヶ月半の間、通常の授業と並行してこのゲームに参加してもらいます」

ざっくりとした概要は、事前に静音さんに説明してもらっている。

マネジメント・ゲームは、ゲームという名がついているものの、基本的には授業の扱いだ。

だから当然、成績にも影響する。

「このゲームでいい結果を出せば、その分いい成績がつきます。ゲームで優秀な結果を出した人は、経営……つまり組織の運用が得意なわけですから、生徒会の役員に選ばれやすい傾向がありますね」

クラスメイトの何人かが、やる気に満ちた表情を浮かべる。

生徒会の役員を目指しているのだろう。

……俺もその一人だ。

「それでは早速、ゲームで使うパソコンを配ります」

一人一台、ノートパソコンが配られる。

このパソコン……静音さん曰く全て新品らしい。

性能を確認してみると、かなりハイスペックな代物だと分かった。モニターを取り外してタブレットのように扱うこともできる。普通に買うと二十万円はするだろう。

「ゲームの詳細はチュートリアルで分かるようになっています。ゲーム開始は明日からなので、それまでに済ませておいてくださいね」

先生がそう締め括り、ＨＲが終わった。

（……始まったな）

夏休み終盤のことを思い出す。

あの日、琢磨さんは言っていた。

——貴皇学院はね、二年生の二学期からが本番なんだよ。

あれは間違いなくマネジメント・ゲームのことを指した言葉だ。

琢磨さんはこうも言っていた。此花グループの役員を目指すなら、生徒会に入って実績を作るのがいいと。……俺みたいな一般人がこの学院の生徒会なんてあまりにも恐れ多いが、それでも他に手がないなら目指すべきだろう。

「おっす友成。今日はあれだよな？」

鞄にノートパソコンを入れると、大正に声をかけられる。

「はい。いつものカフェへ行きましょう」

始業式の前に再会の挨拶は済ませていた。大正は夏休みの間、実家の会社の社員旅行についていくなどして頻繁に外出していたらしい。

「しかし、その……日焼けしましたね」

「ああ。なんせ海へ山へと色々行ったからな！　でも俺より……」

しかし、その大正が見ている先にいたのは——。

以前と比べて少しだけ肌が黒くなった大正。

「二人とも！　今日は久々のお茶会だよね⁉」

楽しそうにこちらへ近づいてくる旭さんの肌は、大正よりもずっと日焼けしていた。

旭さんは元々明るい性格である。そこに健康的な小麦色の肌が合わさり、今の旭さんはまるで元気の塊のように見えた。

「旭さん……めっちゃ焼けましたね」

「でっしょ～？　今年の夏は思いっきり遊んじゃった！」

旭さんはどこか自慢げに言う。日焼けしていることは気にしておらず、寧ろ勲章のように思っているらしい。

「まあ、来年の夏はきっと忙しいだろうしな。気持ちは分かるぜ」

大正が呟くように言う。

高校三年生の夏休みは、きっと受験でそれどころではないだろう。貴皇学院の生徒たちなら、受験以上に大きなイベントが待ち構えているかもしれない。

「すみません、遅れました」

大正たちと雑談していると、雛子がやって来た。

大勢のクラスメイトたちから雪崩のように挨拶されていたようだ。教室の外を見れば他クラスからも雛子へ会いに来た生徒がいるが、流石にキリがないので今日は諦めてもらおう。雛子も疲れているだろうし。

「此花さんは……あんまり日焼けしてないね」

「対策していますから。家の事情で」

「そっかぁ。なんか、お嬢様扱いされてていいなぁ。アタシなんかここまで日焼けしても誰も止めてくれなかったよ。『似合う似合う』って……」

旭さんがなんだかショックを受けていた。乙女心は複雑である。

そういえば夏期講習の時も、雛子は静音さんに日焼け止めを塗られていた気がする。

此花家の令嬢ともなれば、自由に日焼けすることすら叶わないらしいが……旭さんはそういうお嬢様扱いに憧れがあるらしい。

俺からすれば、旭さんも充分お嬢様だと思うが。

◆

カフェに向かうと、既にそこには二人の女子生徒がいた。

金髪縦ロールがお馴染みの天王寺さん、そしてクールビューティという名の一般コミュ障、成香である。

「来ましたわ!! マネジメント・ゲーム!!」

席についた俺たちに対し、天王寺さんは開口一番に興奮した様子で言った。

「その前に……天王寺さん、二学期もよろしくお願いします」

「あ……コホン、そうでしたわね。まずは挨拶が先ですわ」

苦笑いする旭さんに、天王寺さんはちょっとだけ申し訳なさそうな顔をした。

「こちらこそ、二学期もよろしくお願いいたしますわ。……ここにいるメンバーが誰一人欠けることなく再会できたことを、心から嬉しく思っていますの」

天王寺さんの態度は、決してオーバーなものではない。

貴皇学院の生徒たちは皆、政治家や経営者の家系である。家柄による束縛が強いため、場合によってはこの時期でも転校することがある。

とはいえ、俺たち六人にその心配がないことは事前に確認していた。

初期のお茶会から続くこのメンバーは俺にとっても思い入れがある。二学期もこの六人で過ごせることに、俺は内心で感謝した。

「都島さんも、よろしくね」

「あ、ああ！　よろしく頼む！」

緊張しているのか、成香は険しい顔つきで言う。

「成香、顔が力んでるぞ」

「くっ……さ、最近、人と会っていなかったから、つい……っ」

再会した時と比べて多少は成長したはずの成香だが……まさか振り出しに戻っていないよな？　少し心配だ。

「今回の集まりは天王寺さんの主催だったと思いますが、何か話でもあるんですか？」

「ええ。久々に集まりたかったというのもありますが、本題はやはりこれですわ」

俺が尋ねると、天王寺さんはノートパソコンをテーブルに置きながら言った。

「本題に入る前にお尋ねしたいのですが……皆さん、マネジメント・ゲームの内容については把握していますの？」

その問いかけに、ほとんどの人は「まあ」と頷いた。

「すみません。概要は知っているんですが、細かくは……」

「わ、私も同じだ……」

俺が挙手すると、成香も続いた。

「では念のため説明いたしますわ。まあ、チュートリアルをやれば大体のことは分かりますが、あれは時間がかかると思いますので」

事前に静音さんからゲームについて説明を受けた時も「特殊な授業ですので、できれば二学期が始まった後、同級生から詳しく話を聞いた方がいいと思います」と言われたので素直にありがたい。先程のＨＲで先生も説明していたが、マネジメント・ゲームは貴皇学院の名物授業だ。だから編入生である俺はともかく、殆どの生徒はゲームについてある程度知っているらしい。……成香は例外みたいだが。

「マネジメント・ゲームとは、経営シミュレーションゲームの一種ですの。プレイヤーは経営者の立場になり、ゲーム内で三年間、一つ以上の企業を経営するのですわ」

経営シミュレーションゲームというのは俺も知っている。前の高校に通っていた時、クラスメイトがハマっていたジャンルだ。有名どころだと、市長になって街を作るゲームとか、牧場を運営するものとかがあったはずである。

「経営できる企業は多種多様で、製造業や小売店、学校、空港、テーマパークなど色々ありますわ。ただし自由に選べるわけではなく、家柄や成績などを考慮して幾つかの選択肢が提示されますので、その中から選ぶ必要がありますの。たとえば都島さんの場合、スポーツ用品メーカーの選択肢は必ずあると思いますわね」

「ああ。親からも、スポーツ用品メーカーを選ぶよう言われている」

「どの生徒も家と同じ業種は選択できるようになっているはずですわ。その方がより現実に即したシミュレーションになりますから」

ゲームという名はついているが、あくまでもこれは授業である。遊びではなく勉強が目的だ。選べる企業に制限があるのは仕方ない。

「天王寺さんや此花さんは、どういう選択肢になるんですか？」

俺は疑問を口にした。

たとえば此花グループの中には、都市銀行、総合商社、重工業、不動産などがある。それら全てが選択肢として用意されるのだろうか。

「わたくしたちには、企業グループの経営者という選択肢が与えられますわ」

なるほど。

つまり、華厳さんのような立場が選択できるわけだ。

「この、プレイヤーが最初に選択する立場をスタート・ポジションと言いますの。スタート・ポジションは業種だけでなく、資本金や社員の数といった規模も選べますわ」

当然、規模の方も家柄と成績によって選択肢が変わる。

俺が選べるスタート・ポジションは、中堅以下のIT企業というわけだ。

「ただ例外として、どの生徒でも自由に選べるスタート・ポジションもありますわ。飲食店や、小規模の小売業がそうだったはずですの」

隣で成香が「駄菓子屋は、あるのか……？」と呟いた。

それは仮にゲームのシステムが許したとしても、成香の親が許してくれないと思う。

「あれ？　でもスタート・ポジションに差があったら不公平じゃないですか？　収益で競

うなら、大企業を選べる人が有利で、中小企業しか選べない人は不利になるんじゃ……」

「いいところに気づいたね～、友成君」

　旭さんが楽しそうに言った。

「友成君の言う通り、このゲームはスタート地点がバラバラだから、評価基準も収益の高さだけじゃないんだよ。堅実な経営とか、斬新な経営とか、プレイヤーは自分に合った戦略をとる必要があって、そこが成績に繋がるの」

　そんな旭さんの発言に、大正も「そうそう」と頷きながら続く。

「ぶっちゃけ、現実でも収益の高さが全てってわけじゃないもんな。俺たちは勿論、此花さんや天王寺さんのところだって、全部が全部、利益最優先ってわけじゃないだろ？」

「そうですね」

　雛子は静かに頷いた。

「会社の存在意義は、売上というよりも社会貢献だと思います。たとえば天王寺さんの会社は、昔から雇用の創出を意識した経営をしていますね」

　雛子がそう言うと、天王寺さんが驚いたように振り向いた。

「わ、わたくしの会社のことも、知っているんですのね」

「勿論ですよ、天王寺さん」

「～～～っ!!　こ、これで勝ったとは思わないでくださいましっ!!」

分かりやすい照れ隠しを見て、なんだか心が温かくなった。

天王寺さんは笑みを堪えきれず、ニマニマとしている。

「此花さんって、普段からそういう勉強をしてるの？」

「いつも勉強しているわけではありませんが、最近は経営者の方々と会食する機会が多いので、よく経済界の話を聞くんです」

「流石、此花さん。マネジメント・ゲームでも活躍しそうだね～」

旭さんが感心した様子を見せる。

「ゲームに対する理解が深まったところで、そろそろ本題に入らせていただきますわ」

天王寺さんは、改めてこの場に集まる皆の顔を見て言った。

「ここにいる六人で、同盟を組みませんこと？」

「同盟……？」

首を傾げると、天王寺さんは続けた。

「目的は、定期的な情報共有。そして敵対しないという約束。この二点ですわ」

「……それだけですか？」

「ええ。その二つがとても重要になるのが、マネジメント・ゲームですの」

天王寺さんは説明する。

「マネジメント・ゲームの肝は、他プレイヤーが存在すること。M&Aによる買収や、水面下での業務提携など、スリルある駆け引きが繰り広げられますわ」

ふふふ、と天王寺さんは不敵な笑みを浮かべた。

M&Aとは買収・合併のことである。大きな会社が小さな会社を吸収するために使われたり、二つの会社が手を取り合って新たな会社に統合する際に使われたりする手法だ。

……天王寺さんはそういうの、好きそうだなぁ。

同盟の意義は今の説明でよく分かった。――要するに、マネジメント・ゲームは経営シミュレーションにオンライン要素を付け足したようなものなのだ。であれば、他プレイヤーとの競争という要素は切っても切れない。

同盟は自分の身を守るため……そして競争を有利に進めるための、心強い後ろ盾となるはずだ。きっと俺たち以外にも同盟を作る生徒は出てくるだろう。

「幸い、ここにいる六人は業種もあまり偏っていませんし、皆さんにとっても有意義な同盟になると思いますわ」

「確かに、俺は運輸業を選ぶつもりだし」

「アタシも家電の小売業を選ぶつもり。……いい感じにバラバラだね！」

大正と旭さんも納得する。

「あとは、個人的な理由ですが……わたくしは生徒会を目指していますわ。なので正直なところ、少しでも味方が欲しいというのが本音ですの」

天王寺さんがそう告げると、皆それぞれ目を見開いて驚いた。

しかし、他の誰かならともかく、あの天王寺さんなら生徒会を目指すと言っても納得する。なら自分たちはできる範囲で応援しよう……そんな空気が生まれたところで、俺は恐る恐る口を開いた。

言うなら、今しかない。

「実は、俺も狙っています」

「えっ⁉」

「そ、そうなのか、伊月⁉」

天王寺さんと成香が驚きの声を上げる。

大正と旭さんも同じように驚いていた。雛子には事前に軽く説明していたため、驚いてはいないが……何故か不満げである。雛子は天王寺さんと俺を視線だけで交互に見て、微かに頬を膨らませていた。

「分不相応な自覚はありますが……頑張ってみようかなと」

俺にとって、生徒会を目指すというのは勇気のいる宣言だった。

なにせここは、富豪の子女たちが集まる由緒正しき名門校。俺は表向き中堅企業の跡取り息子ということになっているが、本当はただの庶民なのだ。そんな俺が、皆を束ねる生徒会を目指すなんて……本来なら分不相応どころではない。一体何の冗談だ？　と真顔で首を傾げられてもおかしくない発言である。

しかし――――。

「是非！　是非、是非、是非――目指すべきですわ！」

予想に反し、天王寺さんは大賛成してくれた。

「友成さんには不可能を可能にする根性がありますから、分不相応とも思いませんの」

「そんな大袈裟な……俺は皆についていくだけで精一杯ですよ」

「編入してたったの数ヶ月でそれを成し遂げていることが、どれだけ特別なのか、自覚した方がよろしくってよ。……わたくしが生徒会に入った時、傍に友成さんがいてくれたらとても頼もしいですわね」

天王寺さんはうっとりとした様子で想像を語った。

根性を褒めてくれたのは、きっと俺の正体を知っているからこそだろう。

まあ実際、静音さんや天王寺さんのスパルタレッスンにも耐えてきたし……根性だけは人一倍の自信がついている。

「此花さんは、生徒会を目指さないの？」

旭さんが訊いた。

「私は、家の事情があって難しいので……」

「そっか……まあそれなら仕方ないか」

旭さんは残念そうに納得した。

雛子は、貴皇学院でも随一のお嬢様である。だからこそ、やはり多くの生徒は雛子に生徒会を目指してほしいと思っているのだろう。

勿論、それは天王寺さんも同じだ。天王寺さんだって支持者は多いに違いない。

……本当は、家ではなく雛子自身の事情だ。

ただでさえ日頃から完璧なお嬢様の演技で疲れているのだ。その上、生徒会の役員に選ばれてしまえば体力が底をつく。

雛子ほどの家柄と成績なら、生徒会の実績なんてなくても充分過ぎるくらい将来の選択肢は幅広いはずだ。華厳さんもそれを認めているから、役員にはならなくてもいいと言っているのだろう。

天王寺さんも、別に実績が目当てで生徒会を目指しているわけではないはずだ。夏休みに海で天王寺さんと話したことを思い出す。……天王寺さんは、雛子と異なる道を歩むために生徒会を目指しているのだ。

「とはいえ……ゲームに対するやる気はあるんですわよね？　此花雛子」

天王寺さんが戦意を滾らせて雛子を睨んだ。

雛子は紅茶で喉を潤し、カップを置いてから答える。

「勿論です。お互い、いい成果を出せるよう頑張りましょう」

生徒会は目指さないが、完璧なお嬢様という体裁を守るためにも、雛子は真剣にゲームへ臨む予定だ。

狙っているのか、それとも天然か……普段人当たりのいい雛子が真剣な顔をすると、とてつもない存在感が醸し出される。

似たような空気を、俺は以前琢磨さんからも感じたことがあった。やはり雛子と琢磨さんは兄妹なのだろう。雛子は嫌だと思うかもしれないが。

しかしそんな雛子を見て、天王寺さんは怯むことなくむしろ不敵に笑う。

「では、各々チュートリアルを済ませなければいけませんし、今日はこれで解散といきたいところですが……最後に一番大事なことがありますわ」

大事なこと？

首を傾げる俺たちに、天王寺さんは立ち上がる。

「同盟の名前を決めますわ！」

それは一番大事なことだろうか……？

でも気持ちは分かる。名前があった方が分かりやすいし、昂ぶりそうだ。

「ヘキサゴン同盟っていうのは？　文字通り六人の同盟って意味だけど」

「うーん、もう少しわたくしたちならではの名前が欲しいですわね」

「チーム・ラグジュアリーっていうのはどうだ？　此花さんたちの総資産にちなんで」

「それはちょっと、嫌らしい感じがしますわ」

旭さんと大正がそれぞれ提案するが、どちらも微妙な評価だった。まあ大正は冗談のつもりだったみたいだが。

俺も何か案を出した方がいいだろうか……そう思った時、雛子が挙手する。

「シンプルに、お茶会同盟というのはどうですか？」

「くっ……流石ですわね、此花雛子。こういうのは、シンプル・イズ・ベストであることを知っているとは……っ！」

考え過ぎである。

とはいえ、お茶会同盟という名前は俺もいいと思った。ここにいる六人の縁が深まった理由は間違いなくこれまでのお茶会なわけだし、俺たちの関係をよく表せている。

「では、その名前を使わせていただきましょう。——本日をもって、わたくしたちはお茶会同盟を結成いたしますわ！」

おぉ〜、という歓声と共に、パチパチと拍手が響く。

「今日はこれで解散といたしましょう。ライバルに負けたくありませんしね」

改めて天王寺さんは会釈して、この場から立ち去った。

今更だが……同盟内にライバルがいるのはどうなんだろう？

◆

お茶会が終わった後。

屋敷に戻った俺は、早速マネジメント・ゲームのチュートリアルを始めた。

「失礼します」

ドアがノックされ、静音さんと雛子がやって来る。

飲み物を淹れてくれたらしい。静音さんが持つトレイの上からカップを受け取る。

「あれ、今日はコーヒーですか？」

「放課後のお茶会では、紅茶を飲んでいたとお嬢様から聞きましたので」

流石は静音さん。一流メイドのホスピタリティを感じる。

「ありがとうございます。……すみません。雛子ならともかく、俺まで静音さんを自分のメイドみたいに使ってしまって」

「私が伊月さんのメイドですか」

しまった、余計なことを言ってしまったかもしれない。

「調子に乗りました」

「いえ……可能性はなきにしもあらずだと思いました」

そんな可能性なんてあるだろうか……？

しかし、特に不機嫌になったわけではなさそうだ。

静音さんは、机の上にあるノートパソコンを一瞥する。

「それで、マネジメント・ゲームの調子はどうですか？」

「スタート・ポジションに悩んでいます。思ったより選択の幅が広くて……」

「それは真剣に悩んだ方がいいですね」

俺が今どのような壁にぶつかっているのか、静音さんはすぐに理解したようだった。

「お嬢様も少しは伊月さんを見習ってください。まだチュートリアルも終わってないんですよね？」

「無理……眠い……あとでするから……」

「まったく……まあ今日は久々の学院でしたし、大目に見ましょう」

静音さんが溜息を吐く。

「雛子、眠いならベッドを使ってもいいぞ」

「ん、ん……いや、その……」

「寝るために来たわけじゃないのか？　じゃあ何のために……」

話でもあるのだろうか。

雛子の方を向く。雛子は顔を赤く染め、視線をキョロキョロと動かした。

「その……あ、会いに……」

「？」

「……ね、寝る！」

「ああ。あまり寝過ぎて、夜に目が覚めないようにな」

雛子はベッドに突っ伏した。

普段と様子が違う気もするが……俺の勘違いだろうか？

「伊月さん、少し見てもいいですか」

「はい」

静音さんがノートパソコンの画面を見つめる。

一瞬だけ顔が近づいて動揺したが、静音さんは真面目な表情で口を開いた。

「予想通り、ＩＴ業界に関連する業種が選べるようですね」

「業種はそれで問題ないんですけど、規模で悩んでいまして……」

具体的には、社員を何人の状態でスタートするか悩んでいる。

千人か、百人か、或いは――一から起業するか。選択肢は様々だ。

「やっぱり、大きい企業から始めた方が安定するでしょうか？」

「そうでもないですよ。たとえば株式公開している企業は買収のリスクがありますし。もし買収されたら、活動の幅が狭くなります」

「なるほど……」

今の俺に、上場している企業の経営は難しいだろう。

となればもう少し小規模な企業にしておきたいところだが……。

（……折角なら、ちゃんと自分の将来に役立てたいよな）

今の俺の目標は、此花グループの役員だ。その目標のために役立つ経験をするには、どのポジションがいいのだろうか。

「……静音さん。もし、将来俺が本当に経営者を目指すとしたら、どういう進路があるんでしょう？」

「最も確実なのは、跡継ぎに困っている中小企業に入って、社長という立場を継承することですね」

俺が此花グループの役員を目指していることを知っているのは琢磨さんだけなので、唐突な質問をしてしまった気もするが、思ったよりも具体的な答えが返ってきた。

この世界で生きる人たちにとって、経営者を目指すという人生設計はファンタジーでもなんでもないのだ。

静音さんは、俺もこの世界の住人だと認めてくれているのだろう。

ありがたいことだ。

「自分で起業するよりも、そっちの方が確実なんですか？」

「手っ取り早さで言うなら起業するパターンですが、堅実な人生設計を意識するなら継承を勧めます。日本企業の九十九％は中小企業で、しかしその一方で継承問題を抱えていますからね。選択肢も豊富です」

そうなのか。

少子化も進んでいるし、地方の企業などにとっては特に深刻な問題なのかもしれない。

「しかし伊月さんの場合、今回のゲームに限って言えば、一から会社を作った方が経営のイロハを学べていいと思います」

「……確かに」

手段と目的を履き違えてはならない。

マネジメント・ゲームの目的はあくまで経営について学ぶことだ。ゲームを有利に進めるのはそのための手段に過ぎない。

俺が、俺自身の将来のためにやるべきことを考えると……。

「……決めました。俺は起業します」

「それがいいと思います」

今決めたことを、すぐにゲームへ反映させる。

俺のスタート・ポジションは、ＩＴ企業を立ち上げたばかりの経営者だ。

チュートリアルが終了する。続きは明日からだ。

少し緊張する。……俺は学院の皆に、どのくらい通用するのだろうか。

「……大丈夫」

背後から雛子の声がした。

「雛子、まだ寝てなかったのか」

「ん」

雛子は小さく頷いた。

「伊月は、何を選んでも大丈夫」

「それは、どういう……？」

「いざとなれば……私が守るから」

自信満々にそう告げる雛子に、俺は首を傾げた。

——この時の俺はまだ、雛子が何を言っているのかよく分からなかった。

◆

翌日。貴皇学院の講堂にて、マネジメント・ゲームの開会式が行われた。

集められた高等部二年の生徒たちは皆、真剣な面持ちで来賓の演説を聞き、それぞれやる気に満ちた表情を浮かべながら教室に戻った。

「いよいよ始まったなぁ」

「そうですね」

教室に戻った後、大正の発言に俺は頷く。

「……まさか、経済産業大臣が来るとは」

「他にも色んな大物が来てたな。まあその殆どはうちの生徒の家族なんだろうけど」

疲労感と共に溜息を吐いた俺に、大正は苦笑した。

開会式には大企業の社長や今をときめくユニコーン企業の社長など、経済界の大物たちが来賓として招かれており、終始厳かな雰囲気が漂っていた。

久々に、貴皇学院の空気に圧倒された。

クラスメイトたちは驚いていないのだろうか？　そう思い、教室を見渡すと――。

「なあ、スタート・ポジションは何にした？」

「年商二千億の製薬会社にしたよ」

「業種が近いな。……放課後、どこかで話さないか？　業務提携できるかも」

「助かる。それまでに資料を用意しとくよ」

クラスメイトたちは既にゲームの作戦を考えていた。

時価総額が～とか、設備投資が～とか、ゲームに関する色んな話題が聞こえてくる。

「皆、真剣ですね」

「そりゃあな。マネジメント・ゲームを制する者は、貴皇学院を制すると言っても過言じゃねぇし」

「そうなんですか？」

「うちの生徒たちの大半は政治家とか経営者になるだろ？　だから俺たちにとって経営の手腕ってのはかなり大事なステータスなんだ。……マネジメント・ゲームはその優劣がはっきり出るからな。成績がよければ、生徒会に入れるだけじゃなくて、とにかく色んな場面で便宜を図ってもらえるようになるぜ」

なるほど、と納得する。

貴皇学院においては、マネジメント・ゲームでいい結果を出した生徒こそが最も優秀で模範的な生徒なのだ。だから教師からの信頼もされやすく、ゲームでよりよい結果を出せば今後の学院生活にも大きな影響を与えられる。

かく言う俺も、ゲームに対する姿勢は真剣なつもりだ。

ぶるり、と身体が震える。……武者震いだと信じたい。

「ゲームを動かせるのは放課後からだが……初日ってこともあって、皆そうも言ってられない感じだな」

大正が笑って言う。

マネジメント・ゲームは二十四時間いつでもプレイできるわけではない。

月曜日から木曜日は、十六時から二十一時……つまり放課後のみだ。金曜日と土曜日は九時から二十一時までと、一日中プレイできる。期間中、金曜日は休校だ。そして日曜日はプレイできない。

マネジメント・ゲームは、ゲーム自体も生徒たちの姿勢もかなり本格的だが、ちゃんとゲーム以外の学業にも時間を割けるよう、適切なスケジュールが組まれている。

静音さんからも、ゲームの期間中はマナー等のレッスンをなしにしてもいいと言われていた。……なんとか普段の勉強と両立できるよう頑張ろう。

◆

放課後。

俺たちはカフェに集まり、皆でノートパソコンを開きながら会議していた。

「ではまず、スタート・ポジションを共有しましょうか」

天王寺さんが紅茶を飲んでから告げる。

「わたくしが経営するのは、天王寺グループですわ。業種は多岐に渡りますの」

「私は此花グループです。天王寺さんと同じく業種は多岐に渡り、大手総合商社や重工業など色々あります」

この二人は予想通り。

現実で、恐らく将来そうなるであろうポジションだ。

「企業の名前も現実と同じなんですね」

「変更もできますが、敢えて同じにする人が多いですわね。その方が身が入りますから」

たとえゲーム内の話だとしても、家業と同じ名前の企業を倒産させるのは気が引けるだろう。身が入るのは当然である。

次は成香が口を開いた。

「私は、シマックス。スポーツ用品メーカーだ。……本当は駄菓子屋を一から始めてみたかったんだが、親にこっぴどく怒られてしまった」

そりゃそうだろ……。

マネジメント・ゲームは授業の一つだ。そういうのは市販のゲームでやるべきである。

「俺は引っ越しのタイショウだ。名前通り、運輸業だな」

「アタシはジェーズホールディングス。家電量販店だよ」

大正、旭さんがそれぞれポジションを発表する。

最後は、俺だ。

「……俺は、ＩＴ企業にすることだけ決めています」

ん？　と皆が首を傾げた。

「一から起業することにしたんです。業種はＩＴにするつもりですが、まだ社名は決まっていません」

チュートリアルはスタート・ポジションを決めるまでだったので、そこから先はこれから検討しなければならない。

そんな俺の選択に、旭さんが目を見開いて驚いていた。

「と、友成君……野心的っ！」

「え？」

「だって、家の方針には従わず、我が道を貫くことにしたってことでしょ？　いや〜、頭の中では考えていても、なかなかできることじゃないよ！」

旭さんが目をキラキラと輝かせて言った。

しまった……そんなふうに思われるかもしれないのか。

ただの誤解だけなら問題ないが、この件を切っ掛けに俺の実家について興味を持たれると面倒だ。できれば悪目立ちは避けたいが……。

「或いは、会社の仕組みについて改めて勉強する場合ですね」

俺が何故このスタート・ポジションにしたのか、理由を知っている雛子が助け船を出してくれる。すぐに俺は頷いた。

「えっと、此花さんが正解です。野心で選んだわけではないですよ」

「そっか。……それはそれで勉強熱心だね～」

旭さんの俺に対する感心の目は継続していた。

一方、俺は俺で旭さんに対して疑問を抱く。

「あの。さっき、頭の中では考えていてもって言ってましたけど……もしかして旭さんも似たようなことを考えているんですか？」

「……まあ、アタシのことは置いておくとして！」

まるで当事者のような発言だったので、気になって訊いてみたが、はぐらかされた。

あまり家の事業を継ぐ気がないのだろうか？　……本人が答えたくないなら、無理に詮索するべきではない。

「では、次は各々の経営方針を共有しましょう」

天王寺さんが俺たちの顔をざっと見て言った。

「わたくしは現状維持が最低限の課題として、可能な限り各事業の売上も上げたいと思っていますわ」

「私も現状の維持が最大の課題となります。堅実に経営するつもりです」

天王寺さんと雛子がそれぞれ言った。……どちらも既に最大級のグループ企業。拡大よりも維持に努めるのは当然だと感じた。

「俺は、業績の拡大だな」

「アタシも大正君と同じだね。……現実ではまだ難しくても、せめてゲームでは国内最大手を狙ってほしいって親に言われたよ」

旭さんは小さく溜息を吐いた。

旭さんの実家であるジェーズホールディングスは、確か国内でも上位五社に食い込む家電量販店だが、残念ながら一位ではない。現実ではそう簡単に覆せない差を、工夫次第でどうにかできるのはゲームならではの魅力だろう。

最後に、俺も方針を発表する。

「俺はまず、事業を軌道に乗せることですね」

天王寺さんが頷いた。

まずはこれが実現しないことには何も始まらない。

「どんなサービスを開発するか、決めているんですの？」

「ええと……本当に、ざっくりとですが」

ＩＴ企業を作る場合、まずはどのようなサービスを開発するか考える必要がある。

これが最初にして最大の関門と言ってもいい。アイデアで全てが決まると言うのは過言かもしれないが、このアイデア次第で今後の収益や関わる市場が決まってくる。

「お節介かもしれませんが、一つアドバイスしておきますわ」

天王寺さんは真剣な面持ちでこちらを見つめた。

「友成さんは、どんなものを作って社会に貢献したいですか？」

「俺は……」

「じっくり考えてみてください。それが貴方にとっての答えになるはずですわ」

社会貢献の形は様々だ。ボランティア一つとっても色んな働き方がある。

その中で、敢えて一つを選ぶとしたら何だろうか？　……俺がやりたいこと、俺が感じてきたものを最も表現できるものとは何なのか。

じっくり考える。その上で、改めて思った。

「……実は、やってみたいことがありまして」

答えは既にある。

昨晩からずっと頭の中で練り続けたアイデアを、俺は口にした。

「ギフト専門の通販サイトを、作ってみたいと思います」

皆が目を丸くした。

「切っ掛けは、天王寺さんが言ってくれた通り、自分がやりたい社会貢献について考えたことです。……俺はこの学院に来て、色んな人にお世話になりましたから、いつか恩返しができたらなって思いました」

だから、思いついたのだ。

贈り物に関するサービスを作ろうと。

「具体的なサービスの内容も考えていまして……贈り物をする時、まず『どうやって贈ろう？』って悩みませんか？　手渡しするか、ネットで買うか……ネットで買うならどのサイトにしようとか。そういう悩みを丸ごとなくせるサービスがあったらなと思うんです」

ギフトを贈るには、ラッピングとか熨斗とか、色んなマナーにも気をつけなければならない。そういうのを全部自動で、或いは直感的に決めることができて、更に送り先のリストも管理できたら楽だなと思った。

要するに――ギフトを贈るならこのサイト、みたいなものができればと思っている。

皆の反応を窺うと――。

「……それ、普通に需要ありそうですわね」

天王寺さんが、ポツリと小さな声で言った。

「お歳暮とか、結構面倒だもんな。誰にどんなものを贈ればいいか悩むし」

「友達相手なら気にしないけど、取引先が相手だとマナーにも気を遣うもんね」

大正と旭さんの感触も、悪くなさそうだ。

「そういえば以前、父が海外の取引先へお歳暮を贈る時、少し手間取っていたな」

成香が思い出したように言う。

皆の反応を窺いつつ、俺は雛子の方を見た。

このことは雛子にも言っていなかった。だから雛子の反応を知るのは初めてだが……。

「友成君らしくて、とてもいいと思います」

雛子は柔らかく微笑んだ。

気のせいかもしれないが、その感想は演技から出たものではなく、雛子の本心から出たものだと感じた。

「贈り物はマナーの一つですわ。……友成さんはこの学院に来てからマナーについて熱心に勉強していましたから、丁度いいかもしれませんわね」

そういう意図はなかったが、言われてみれば無意識に結びつけていたのかもしれない。

皆の反応も悪くないし、今まで自分が培ってきたことも活きる。もう迷う必要はない。

「この内容で申請します」

「ええ。恐らく、いい評価を得られるかと思いますわ」

天王寺さんはどこか自信に満ちた表情で言う。

「マネジメント・ゲームではアイデアの質もちゃんと評価されますの。新規事業を立ち上げる際は、その内容をＡＩと教師陣が評価して、画期的であると判断されるとゲームがより有利に進みますわ。ちなみに原則として、ゲーム中に出たアイデアは現実で盗まれないよう規約が結ばれていますのでご心配なく」

本当にしっかりしているゲームだ。

「それと、一から起業する場合、二年間のスキップ機能がありますの。ある程度軌道に乗ったらその機能を使った方がいいですわね」

「そんなのあるんですか」

「マネジメント・ゲームは、他生徒と交流しながら経営を学ぶことが趣旨ですわ。創業間もない企業は交渉材料が少ないですから、配慮されているんですの」

流石に、何もかもを現実に合わせているわけではないようだ。

経営というものを効率的に学べるよう、ある程度はレールが敷かれている。

「教えていただきありがとうございます」

「気にする必要はありませんわ。現実でも、会社を立ち上げる際は色々な人からアドバイスを受けるでしょうし。マネジメント・ゲームは一人でやるよりも色んな人と関わりながら進めた方が効率的ですわよ」

なんとなく俺も察していたが、マネジメント・ゲームは、ゲーム内でもゲーム外でも人と関わる前提な気がする。現にこうして同盟も組んでいるわけだし。

天王寺さんの指摘に俺は頷いた。

「それに、わたくしたちは共に生徒会を目指す者……いわば同志と言ってもよろしいのですから！　わたくしに対しては特に！　――特に！　頼ってくださっても結構ですわ！」

天王寺さんが胸に手をやって言った。

ありがたい。やはり天王寺さんほど味方になって頼もしい人はいないだろう。

そんなことを思っていると――。

「……同志、ですか」

小さな声で、雛子が言った。

「む……何か言いましたか、此花雛子？」

「いえ。個人的に、あまりしっくりくる表現ではなかったので」

瞼を閉じてそう言った雛子は、その後、目を開けて俺の方をじっと見つめた。

「同志と言うからには……最低でも、同じ屋根の下で過ごすくらいの仲ではないと」

「ちょ――っ⁉」

とんでもない爆弾を投下してきた雛子に、俺は思わず立ち上がってしまう。

それは、俺と雛子の関係のことを言っているのか。

どこに対抗心を燃やしているんだ……！

「ほ、ほぉぉ……？」

天王寺さんの持つカップがカタカタと揺れ出した。

天王寺さんは、俺が此花家の屋敷で雛子と一緒に過ごしていることを知っている。成香も同様なので雛子と天王寺さんを交互に見てハラハラしていた。

大正と旭さんだけが不思議そうに首を傾げている。……その反応が一番助かる。

「ふ、ふん……物理的な距離など、関係ありませんわね！」

天王寺さんが震えた声で言った。

「むしろ物理的な距離は遠い方が、精神的な繋がりを実感できますわ！　ただ距離が近いというだけで良い関係と評価するのは……浅いと評価せざるを得ませんわね」

「……なるほど。浅い、ですか」

雛子が紅茶を飲み、カップを置く。

「ですが私、これでも勉強していますよ？」

「べ、勉強ですの……？」

「ええ。最近、人と人の複雑な関係に興味を持ちまして。……独学ですが、主に恋愛など
を学んでいます」

「れ、恋愛を、学ぶ……⁉」

少女漫画を読んでるだけだろ。

つい最近も百合から少女漫画を借りていたことを俺は知っている。百合は週に一回、此花家で料理人のバイトをしているが、その度に漫画を借りているらしい。

が、真相を知らない天王寺さんたちは目を見開いて驚いていた。

「あの、此花雛子。よろしければ、その、わたくしもその勉強に交ぜて――」

「――まあ！　価値観は人それぞれですよね！　そういうことにしておきましょう！」

雛子が恥を掻く前に、俺は全力でその場の空気を掻き消した。

おかしい……。

最近、雛子が過激になっている気がする。

「――天王寺さん」

再び席に座ると、背後から声がした。

いつの間にか、俺たちの傍に一人の女子生徒が近づいていた。

「住之江さん？」

その名を俺は口にする。

そこには、俺や雛子たちのクラスメイトである住之江さんがいた。

「住之江さん。どうかしましたの？」

「マネジメント・ゲームについて、私のクラスメイトが天王寺さんに相談したいことがあるようでして……」

「なるほど。では、すぐに対応いたしますわ」

「いえ、お茶会をしているご様子でしたから、内容をメールで送っておきました」

「分かりましたわ。お気遣い感謝いたしますの」

天王寺さんがお礼を述べる。

そんな二人のやり取りを、旭さんが意外そうに見ていた。

「住之江さん、天王寺さんと交流があったの？」

「はい。去年同じクラスでしたから」

住之江さんがそう言うと、天王寺さんも首を縦に振った。

「住之江さんはいつも、こんなふうにわたくしのことを支えてくださるのですわ」

へー、と相槌を打ちながら、大正が二人を交互に見た。

「なんか、天王寺さんの秘書って感じだな」

「それは光栄ですね」

住之江さんが微笑む。

「以前も言いましたが、そんなにわたくしへ尽くす必要はありませんわよ？」

「いえ、これは私が好きでやっていることですから」

そのやり取りがいかにも敏腕秘書らしい。

……知らなかったな。

住之江さんとはクラスメイトだけど、あまり深く話したことはなかった。天王寺さんとはとても仲が良さそうだし、俺の知らないところでよく一緒にいたのだろう。

「ねえねえ！　住之江さんも、よかったら一緒にお話ししない⁉」

「すみません。お気持ちは嬉しいですが、そろそろ家の用事がありますので……」

旭さんの提案を、住之江さんはやんわり断った。

住之江さんは踵を返す。

その直前――。

「……？」

気のせいだろうか。

今……一瞬だけ、住之江さんに睨まれたような。

「天王寺さんは、住之江さんとも同盟を組むの？」

「一度向こうからそういう話はされましたが、保留にしていますわ」

保留？　あんなに仲が良さそうだったのに……？

不思議に思っていると、天王寺さんは神妙な面持ちで続けた。

「実力は申し分ありませんが、わたくしと住之江さんの関係は少々複雑で……いいえ、これはデリケートな話ですから、安易に語るべきではありませんわね」

天王寺さんは何かを言おうとしたが、踏み留まった。

二人の間には何があるのだろうか……？

◆

屋敷に帰ってきた俺は、自室でノートパソコンと向き合っていた。

「オフィスと設備は準備完了。従業員となるエンジニアも用意できた。ＥＣサイトのデザイン案もざっくり決まったし……よし、ここでスキップ機能を使うか」

現実で一から起業する場合、最初は資金調達に苦しむわけだが、そこに手こずっているとマネジメント・ゲームの醍醐味である他の会社とのやり取りがいつまでもできない。

今回はあくまで、その後の経営について学ぶ機会なのだと割り切った方がいいだろう。

(……実際、貴皇学院の生徒ならスルーできそうな問題だしな)

起業家が資金調達で苦しむ理由は、出資者を探さなければならないからだが……貴皇学院に通っていると、その手のコネがそこら辺に転がっている気がする。親が投資ファンドをやっている生徒なんて幾らでも見つかるだろう。

画面に「スキップが完了しました」と文字が表示される。

こうして俺の会社は、早くも設立二年目となった。マネジメント・ゲームは、ゲーム内で三年間の月日が流れるので、最終的に俺の会社は五年目となるはずだ。

スキップによって生み出されたサービスの内容を確認してみる。

「おぉ……っ!!」

ゲームの話とはいえ、自分の会社が順調に育っていることに感動する。

データを確認してみると、一日あたりのユーザーの訪問数から、広告の数まで、色んな数値が表示された。

ユーザーが最初にアクセスするページ……いわゆるランディングページのデザインも確認する。スキップ機能で作られたものなので、杜撰なものができても仕方ないと思っていたが、素人目線ではそんなに悪くない造りだ。

（他の人たちの会社も見てみるか）

マップを表示すると、画面いっぱいに斜め上から俯瞰した街並みが映った。その中心には中規模のビルが鎮座しており、その一部が俺のオフィスとなっている。

現実と同じように、ゲーム内でもオフィスには住所が用意されていた。試しに大正の会社を探してみると、大阪府にある本社が画面に表示される。

少し気になったので、この街並みが現実だとどんな景色になっているか、地図アプリで確かめてみた。……ほとんど同じだ。マネジメント・ゲームは、街並みも現実のものをできるだけ再現しているらしい。

感心しつつ、俺は近くにある企業のデータを調べた。

（……まあ、たかが二年スキップした程度で同じ土俵に立てるわけないか）

どの生徒も俺より遥かに大規模な企業を経営していた。

資本金、売上高、従業員数……どれをとっても俺の会社とは比べ物にならない。数字ではっきりと差が見えるのは、分かりやすい反面、とても恐ろしいように感じた。

――上等だ。

まずは何とかして彼らに並んでみせよう。それができなければ生徒会どころではない。

ゲーム内で一日が過ぎ、また各企業の数字が変わる。

現実の十五分がゲームでは一日となった。毎回リアルタイムで作戦を立てていたら確実に間に合わないので、事前の予習が必要になる。

（……ＮＰＣもいるんだな）

ゲームの世界には、生徒ではなくＮＰＣが経営している会社もあった。

これらの会社とも取引は可能みたいだ。

「まず、俺がやるべきことは……ユーザー数を増やすことか」

ユーザー数の推移を確かめてみると、最初は順調に右肩上がりだったのが、この半年で横ばいになっていると分かる。

この横ばいの状態をどうにかするのが、俺の次の課題だろう。

ネット上で商品やサービスを購入できるサイトをＥＣサイトという。ＥＣサイトのユーザー数を増やすにはどうするべきか……頭の中で幾つかアイデアが浮かんだ。

軽く伸びをして、パソコンの時計を確認する。

そろそろ午後九時だ。九時以降はゲームがプレイできない。……やる気が漲っているため若干の不完全燃焼だが、この気持ちは明日へ持ち越すとして、今日は終わろう。

雛子も完璧なお嬢様という体裁を守るべく、今日からしばらくはマネジメント・ゲームに集中するらしい。だから今日は雛子が俺の部屋に来なかった。いつもの今頃はベッドに雛子の姿があるわけだが、ないならないで少し寂しく感じる。

（……偶には俺の方から会いに行くか）

パソコンを閉じ、部屋を出る。

雛子の部屋へ向かっていると……見知った人物と遭遇した。

「……琢磨さん？」

「ん？　おや、伊月君じゃないか」

上等なスーツを着た長身痩躯の男性、琢磨さんが振り返った。

琢磨さんはその手に書類の束を持っていた。……この人の本性を知っている俺からすると、その紙束がどうしても怪しい書類に感じてしまう。

「そう警戒しないでほしいな。僕が君に何かやったかい？」

「いえ……これは条件反射みたいなものなので」

「なおさら傷つくよ」

微塵も傷ついてなんかいないくせに。

「そういえば、今日からマネジメント・ゲームだっけ。無事に起業はできたかい？」

「はい。……あれ？　なんで俺が起業を選んだことを知ってるんですか？」

「なんとなく、君ならそうするだろうなって」

相変わらずの洞察力だ。

ＥＱ……心の知能指数だったか。琢磨さんはこれが異様に高いらしく、相手の顔を見るだけで考えていることがなんとなく分かるらしい。

「それで、伊月君はどんな会社を作ったんだい？」

「……ギフト専門の通販サイトを運営する会社です」

「へぇ。通販はいいよ、当分は伸び続ける市場だから。貴皇学院の教師陣は時流を重視する傾向にあるし、アイデアの評価も悪くはならなそうだね」

琢磨さんは顎に手を添えて考えを述べる。

その考えを聞きながら、俺は思う。

……この人から、アドバイスを受けるべきなんじゃないか？

琢磨さんには苦手意識がある。しかし俺の中に漠然とした予感があった。

この人と一緒にいると、もっと成長できる気がする。夏休みの時も琢磨さんのおかげで将来の展望を決められたし、俺の目標を知っている相手だから相談もしやすい。

それに何と言っても、琢磨さんは会社のことに詳しい。

先日、コノハドリンク株式会社のパワハラ体質について言及していたし、会社の内部事情にも精通しているのは間違いないだろう。

「琢磨さん。マネジメント・ゲームについてアドバイスを貰ってもいいですか？　次にやるべきことで悩んでいまして」

「具体的にどんな悩みを？」

「今、スキップ機能を使った直後なんですけど、ユーザー数を増やすための方法を幾つか検討していまして。ただ予算が限られている以上、全部試すことはできず……」

「有効な手段を知りたいわけか」

頷くと、琢磨さんはしばし考え込んだ。

「じゃあ代わりに、僕の仕事を手伝ってもらおうかな。見ての通り事務作業に追われていてね」

そう言って琢磨さんは手に持っている紙束を軽く揺らしてみせた。

「俺で力になれるなら、構いませんけど……」

「資料の整理だけだから大丈夫だよ」

琢磨さんが踵を返してどこかへ向かう。

俺はその後を追った。

琢磨さんは屋敷の一階にある小さな執務室に入った。……この部屋に入ったのは初めてだ。確か静音さんの話によると、ここはお客さんが仕事をするための部屋らしい。来客用の仕事場なんて滅多に使う機会がなさそうだと思っていたが……なるほど、こんなふうに普段屋敷にいない家族が使うのか。

琢磨さんは五十枚くらいの紙束を俺に渡した。

「これ、メールですか？　何故わざわざ印刷を……」

「気分転換。ここ最近モニターばかり見ていたからね、紙が恋しくなったんだよ。まあ結局、読む暇がなくなったから君に頼んでいるんだけど」

俺もここ最近、パソコンのモニターばかり見つめているので、少し共感できた。

仕事のモチベーションを工夫して上げようとするその姿勢は、社会人として必要な能力なのかもしれない。

「返事をする必要があるものとないものに分けてくれ。あと、後者の中でも簡潔な内容だったら口頭で僕に伝えてほしい。伝えた後は捨てて構わないよ」

琢磨さんは椅子に腰かけ、自らも書類に目を通す。

微かな緊張感と共に、書類の整理を始めた。

「株式会社アライズから、琢磨さんのおかげで商談が成立したというお礼がきています」

「うん」

「ウィズ・パートナーズ株式会社から、試作品ができたので近々郵送するとのことです」

「分かった」

琢磨さんは書類仕事をしながら、俺の報告に相槌を打った。

「防衛大臣から、契約書を受領したという連絡が……って、え？　防衛大臣……!?」

「うちの大事な顧客だよ」

予想を超えるビッグネームの登場に、思わず驚いてしまう。

……やっぱり、琢磨さんは仕事ができる人なんだろう。
でなければこんなに顔が広いはずがない。政界の大物とやり取りできる時点で、先方から相当信頼を得ているのだろう。

「……終わりました」

「お疲れ」

書類の整理が終わった。

琢磨さんの方を見ると、まだ難しそうな書類を読んでいる最中だった。

「僕の方はもう少し時間がかかりそうだ。暇だったらその辺の書類を見てもいいよ。勉強になるかもしれないし」

「い、いいんですか？　社外秘のやつとか色々ありませんか？」

「今更でしょ」

それはまあ、そうだが……。

一瞬でもこの人をマトモな社会人だと思ってしまった自分が恥ずかしい。……そうだった、琢磨さんはこういう人だった。

そんな琢磨さんに教えを乞う時点で、ひょっとしたら俺もおかしいのかもしれない。

俺は気になった書類を手に取った。

「これは……」

「メーカーへの提案書だね」

その説明だけではよく分からなかった。かといって仕事中の琢磨さんに詳細の説明を求めるのも申し訳ないので、書類を読み込んで自力で理解を深める。

（……要するに、製品を完成させるために、相手の企業に協力を求めているわけか）

どうやら此花グループの総合電機メーカーが、海外の富裕層向けのエアコンを開発しているらしい。性能を追求するために、一度他社で開発されている部品を使ってみたいと考え、その部品の使用許可を求めているようだ。

部品を使わせてくれたら膨大な実験データが手に入り、それを先方にも共有できる。実際にその部品を用いてエアコンが完成すれば、先方にとっての知名度アップにもなる。勿論ちゃんと報酬だって用意される。提案書にはその旨が書かれていた。具体的にはこんなデータが取れるから、協力してほしいといったふうに……。

「……この提案って、全部本物ですか？」

「ん？」

ほぼ無意識に、俺は質問していた。

琢磨さんが仕事の手を止め、こちらを見る。

「その……ここに書かれている提案のうち、幾つかは偽物に感じたというか……琢磨さんの目的は、とにかく相手と直接会うことなんじゃないかと思って」

提案書の傍には、担当者とのメールのやり取りを印刷した書類もあった。それを見る限り、琢磨さんはまだこの担当者と会って話したことがないらしい。

そんな俺の疑問に、琢磨さんは目を丸くして……笑った。

「正解。その人、かなり頑固者だから文面だと提案を通しにくいんだ。でも直接会いさえすれば説き伏せられる自信があるから、適当に美味そうな餌を撒いといた」

うわぁ……。

悪い笑顔を浮かべる琢磨さんに、俺は心の中で引いた。

「なんで分かった？」

「……え？」

「よくその程度の書類から、僕の考えていることが分かったね」

「いや、ただの勘ですよ。提案の内容が、ちょっとふわっとしていたというか……」

よく分からないが、何故か琢磨さんは真顔で俺のことを見つめていた。

けれど、今の感覚を俺は言語化することができない。

「なんとなく、琢磨さんならそうすると思って……」

答えになっていないが、そう感じたのだから他に説明のしようがない。

本当にただの勘なのだ。

何故、琢磨さんはこんな他愛のない会話に真剣になったのだろう？

「……気が変わった」

小さな声で、琢磨さんは言う。

「伊月君。僕の弟子になってみないか？」

「……弟子？」

「ああ。マネジメント・ゲームの間だけでいい。僕のもとで色々学んでみない？」

それは……。

「願ったり、叶ったりですけど……」

「よし、決まりだ」

嬉しそうに微笑む琢磨さんを見て、ちょっと嫌な予感がした。

大丈夫だろうか？　俺は今、悪魔と契約を交わしたのではないだろうか？

「じゃあ早速、現状を見せてくれ。今はゲームが時間外だけど、ホーム画面は確認できるだろう？」

「……分かりました。パソコンを持ってきます」

一度自室へ戻った俺は、机に置いたままのノートパソコンを持って再び琢磨さんが待つ執務室へ向かった。

パソコンを開き、ゲームのホーム画面を琢磨さんに見せる。

「今はこんな感じで、ユーザー数を増やしたいと思っていて……」

画面を見せながら現状の説明をする。

俺の考えを聞いた後、琢磨さんはしばらく考え、

「商品を増やすことより、広告を増やした方がいいね」

琢磨さんは簡潔に結論を述べた。

「会社自体が商品を作っているわけじゃないし、口コミに期待するのは愚の骨頂だ。『うちは味で勝負するんで』って言ってる飲食店と同じレベルだね」

「それは、悪い例なんですか……？」

「味で勝負するのは当たり前じゃん」

拘りを持つフリで横着しないで、ちゃんと他の分野でも努力しろということか。

「世界観を決めたいね」

「世界観？」

「会社に世界観を持たせると、イメージを人に伝えやすいし便利だよ。さっきの飲食店の例だと、古民家風とか、逆に近未来風とかかね。世界観さえ決まれば、あとはそれを前面に押し出した広告を作ればいい」

「分かりました。……アドバイスありがとうございます」

具体的にどんな世界観にするか、それを決めるのは俺の役割だ。

飲食店と違って通販サイトなのだから、できるだけ万人向けにしたい。

……ネット通販の形式である以上、直接的な客層はクレジットカードを所有できる大人になりそうだから、「大人の付き合い」みたいなコンセプトがあると分かりやすいんじゃないだろうか？　他人行儀とか社交辞令とかそういう意味ではなく、スマートでビジネスマンなイメージというか……そういう意味での大人だ。

「しかし、この社名はだいぶ安直だね」

「うっ」

突かれたくないところを突かれた。

「まあ、社名って創業者の名前で決まることが多いし、気にしなくてもいいよ。うち自体がそうだし、豊田さんとか石橋さんとか色々いるしね。……ただIT企業なら、もうちょっとお洒落な名前にしてもよかったんじゃない？」

「その……ネーミングセンスがなくて……」

「最近は社名をクラウドソーシングで募集しているところも少なくないよ。経営なんて一人でやるもんじゃないし、どんどん頼らないとね」

天王寺さんも言っていたな、マネジメント・ゲームは人と関わりながら進める方がいいって。実際に色んな仕事の経営に関わっている琢磨さんも言うなら間違いないだろう。

「宿題を出そう。金曜日までに、君が普段関わっている人たちの経営方法を調べて僕に報告するように。……雛子と天王寺さん、あと都島さんの三人でいいよ」

なんで俺の交友関係を知っているんだろう。そう思ったが、いちいち気にしていたらキリがない気がしたので黙っておく。

「それと、僕が屋敷にいるのは今日だけだから、次からはビデオ通話で話そう」

「分かりました。今日はありがとうございます」

「気にしなくてもいいよ。僕も投資しているだけだし」

「投資？」

首を傾げると、琢磨さんは「ああ」と頷き――。

「君の才能にね」

そう言って琢磨さんは書類の束を持ち、執務室から出た。

俺も執務室を出て、部屋に帰りながら琢磨さんの言葉について考える。

……才能？

俺に？　何の才能があると言うんだ？

しばらく悩んだが、先程気にしていたらキリがないと思ったばかりだ。取り敢えず今は琢磨さんに与えられた課題をこなすことに注力しよう。

自分の部屋に近づくと、扉の前に人影があった。

雛子だ。

そういえば、そもそも俺が部屋から出たのは雛子に会いに行くためだった。

雛子は今、俺の部屋の前で……何やら一生懸命、前髪を整えている。

……何をしているんだ？

「雛子？」

「っ⁉　い、伊月……？」

雛子は驚いて振り向いた。

珍しい。雛子がこんなに動揺するとは。

「ど、どこ行ってたの……？」

「ちょっと琢磨さんと話してた」

「う……」

相変わらず琢磨さんのことは苦手そうだ。

「雛子も、今日はマネジメント・ゲームに集中していたな」

「……ん。ほんとはもっと早く切り上げたかったけど……パパに呼び出されて」

「華厳さんに？　ゲームについてか？」

「そう。此花家の令嬢として相応しい結果を出すよう、釘を刺された……」

雛子はげんなりとした様子を見せた。

早速、琢磨さんから出された宿題をこなそうかと思ったが、雛子は疲れているようなので今日はマネジメント・ゲームの話はしないでおこう。

会話が途切れると、雛子は視線を左右に動かし、そわそわとした。

「えっと……部屋、入るか？」

「……は、入る」

微かに頬を赤らめた雛子が、小さく首を縦に振る。

なんだか変な空気の中、俺は雛子を部屋に入れた。

伊月の部屋に入った雛子は、いつも通りの癖で部屋の風景を見回した。

多分、この癖に伊月は気づいていない。

（あ……ペン立てが増えてる）

毎日のように伊月の部屋に通っているため、雛子はすぐに部屋の変化に気づいた。机の上に、今までにはなかった黒いペン立てが増えている。

雛子は伊月の部屋に来るのが好きだった。

最初は小綺麗で、無駄なものが一切ない、いかにも仮住まいという感じだったこの部屋が、日を追うごとに伊月の色に染まっていくのを見るのが好きだった。文房具が増え、スリッパが増え、置き時計が増え、パソコンが増え……伊月が少しずつこの屋敷の住人になっていくような気がして、とても嬉しかった。

普段はその安心感を胸に、伊月のベッドで寝ているわけだが……。

（だ、だめだ……）

じわり、と額が汗ばむ。

（やっぱり……今まで通りに、できない……!!）

胸のドキドキが抑えられない。

実は昨日も全然落ち着くことができなかった。伊月のベッドに寝転んではいたものの今までのように眠れたわけではなく、ずっと起きながら伊月と静音の会話を聞いていた。

少女漫画でも、異性の部屋は特別な空間として描かれていた。

今なら分かる、その感じ。

変なことをしちゃいけないという謎の緊張感がある。

「ちょっとだけパソコン触っててもいいか？　メモしたいことがあって……」

「だ、大丈夫……」

雛子が頷くと、伊月はすぐにパソコンと向かい合った。

ベッドに腰掛け、その横顔を見つめる。……真剣に努力している伊月の姿は、いつ見てもかっこよかった。

ふと、伊月がこちらを見る。

じっと見つめていたことがバレたのだろうか？　気まずくなる前に慌てて目を逸らす。

カタカタとタイピングの音がする。

再び伊月の方を見つめると……伊月もまたこちらを見て、目が合った。

「……な、なんで、さっきからチラチラと見るの？」

「いや、寝ていたら部屋まで運ぼうと思って」

「運ぶ……？」

「ああ。今までも何度か運んだぞ？」

そういえば、そうだった気もする……。

……頼んだら、今日も運んでくれるのだろうか？

キーボードを叩く伊月を、じっと見つめた。

（いけない……最近、すぐ甘えたくなる……）

甘えたところで別に伊月が自分を嫌うことはないと思うが。

そもそも、伊月はこんな自分のことをどう思っているんだろう？

「……伊月は、私のこと……どう思う？」

「え？」

伊月は目を丸くして、こちらを見た。

（ちょ、直接的すぎた……っ）

思ったことをそのまま口にしてしまった。

「その……私みたいな、だらしない人をどう思う……？」

言葉を変えて質問すると、伊月は少し考え込んだ。

「雛子は、偶にそういうのを気にするよな」

「う……」

「前も言ったけど、俺は全く気にしないぞ。だらしないのも普段それだけ気を張っているからだし……そんな雛子を支えられるのは、俺も光栄に思うというか……」

伊月が気恥ずかしそうに言った。

顔がふにゃふにゃに溶けてしまいそうだったので、雛子は掌で頬をおさえる。

確かに前も言っていた。……あれは、朝起こす係を伊月から静音に変えようとした時のことだったか。今思えばあの時から伊月のことを異性として意識していたのだろう。寝起きの姿を見られるのが、唐突に恥ずかしく感じたのだ。

伊月は多分、人の面倒を見るのが好きだ。

だからそんな伊月が、自分の素を何度見たところで失望しないのは分かっていたが、偶にこうして確認したくなる。

（……恋愛って、変な感じ）

伊月に対する信頼は揺らいでいない。でも、前よりも今の方が不安になる回数が増えたような気がする。

自然体でいることに、ありのままでいることに、ほんの少し勇気が必要になった。

でも、きっとありのままの自分を受け入れてくれないと、この距離は縮まらない。

「ベッド……借りていい？　寝るかもしれないけど……」

「ああ。俺は勉強するから、雛子はいつも通り好きに過ごしてくれ」

雛子は伊月のベッドで寝転がった。

ありのままの姿を受け入れてもらうことが、普通の恋愛で大事なことだとしたら……最初から受け入れられている自分はどうしたらいいのだろうか？

ひょっとしたら、自分はなかなか難しい恋愛をしているかもしれない。

うとうとしながら、そんなことを考えていると……。

「ん？　あれ、天王寺さんからだ」

ぴくり、と雛子の耳が動いた。

伊月がスマートフォンを手に取っている。

電話がかかってきたらしい。

『友成さん？』

静かな部屋に、天王寺さんの声が響く。

「天王寺さん、どうしたんですか？」

『ゲームについて、今頃悩んでいると思ったので何か相談に乗ろうかと思いまして』

のそり、と雛子は身体を起こした。

こんな時間に、電話……？

雛子はじーっと伊月を睨んだ。伊月はその視線に気づいていない。

「お気遣いありがとうございます。でも、大丈夫です。もう解決しましたから」

『そうですか。……しかし、それはそれで心配ですわね。友成さんの性格上、根を詰めすぎる場合がありそうですから』

「それは気をつけます……」

確かにそれは気をつけてほしい。

『休みも大事ですわよ。その、たとえば次の日曜日にわたくしと……』

ごにょごにょと、天王寺さんが言葉を濁した。

その瞬間、雛子はゆっくり息を吸い、

「──友成君。次の日曜日はショッピングに行きましょうか」

『は？　その声……こ、此花雛子⁉』

雛子はいつもより大きな声で——ちゃんと電話の向こうにいるライバルにも聞こえるように言った。

伊月は肩を跳ね上げて驚愕する。

「ちなみに私は映画でもいいですよ？」

『え、映画……っ⁉　友成さん⁉　ど、どういうことか説明していただいても⁉』

伊月の顔面から大量の冷や汗が垂れた。

「い、いや！　実は今、此花さんともゲームの話をしていまして！」

『ほんとですの⁉　今、普通に休日の予定を立てていませんでした⁉』

「あっ⁉　す、すみません、電波が悪くなったみたいなので失礼します！」

『ちょ——っ』

伊月は慌てて電話を切った。

もう少し追撃してもよかったが……このくらいで許してやろう。

「………………………雛子？」

伊月はまるで、踏み抜いてしまった地雷を見るように、恐る恐る雛子に視線をやった。

「えっと……映画、見に行きたいのか？」

「……その日は会食に参加しなくちゃいけないから、何もできない」

じゃあさっきのは何だったんだ？　とでも言わんばかりに伊月は不可解そうにした。

知らない。自分でもよく分からない。

ただ、とっっっっっってもも複雑な気分になったのだ。

「……寝る」

「え」

再びベッドに寝転がった雛子に、伊月は困惑する。

カチコチと、時計の針の音だけがした。

「あの、雛子。そろそろ風呂の時間なんだが……」

「運んで」

「……」

「運んで」

伊月は困惑していたが、雛子は無視した。

やがて伊月は、観念したように雛子をお姫様抱っこして部屋まで運ぶ。

服の上からでは分かりにくい意外と逞しい腕に抱えられながら、雛子は勝ち誇った。

恐れ入ったか、天王寺美麗。

これが物理的な距離の強さだ。

◆

翌日。この日の学院も、マネジメント・ゲームの話題で持ちきりだった。

昨日と違うのは、今日の俺はその会話に少し参加できるということだ。会社を持ってスタートラインに立ったことで、皆の話している内容を当事者として受け入れられる。

「いや、でもだからって友成君……トモナリギフトっていう社名はどうなの……？」

旭さんが苦笑いしながら言った。隣で大正も複雑な顔をしている。

休み時間。俺は大正と旭さんの二人とゲームについて話していた。一応お茶会で色々意見を出してくれたし、進捗の報告はしておくべきだと思っていたが……。

「……ちょっと後悔してきました」

「ああっ⁉ いやいや、そんなに悪いわけじゃないけどね⁉ ただ、なんかその名前だと製造業っぽいな～とは思うけど……」

落ち込むと、旭さんが慌てて元気づけてくれた。

トモナリギフト株式会社。それが俺の会社の名前である。

琢磨さんにも言われて気づいたが、確かにＩＴ企業っぽくはない気がした。

「業績の方はどんな感じなんだ？」

「スキップ機能を使った直後は横ばいになっていました。ただ打開策は見つけたので、なんとかなると思います」

「順調だなぁ。……うちも横ばい気味だし、てこ入れしとくか」

大正も会社の経営に頭を悩ませているようだ。

（……琢磨さんの宿題もこなさないとな）

雛子、天王寺さん、成香……この三人の経営方法を調べることが宿題の内容だ。

期限は金曜日までなのであと二日ある。琢磨さんのことだから、のんびりやれというわけではなく一人一人丁寧に調べろということだろう。

真っ先に雛子の方を見たが、既にクラスメイトたちに囲まれていた。マネジメント・ゲームについて相談を受けているようだ。

雛子とは別に学院でなくても話せる。むしろ放課後、屋敷に帰ってからの方が落ち着いて話せそうだ。

……今日は天王寺さんに声をかけてみよう。

天王寺さんも雛子と同じく、常に色んな人に囲まれているイメージだ。昼休みや放課後と言わず、今すぐに予定を尋ねておいた方がいいかもしれない。

そんなふうに、琢磨さんの宿題について考えていると——。

「皆さん」

優しくて柔らかい声が聞こえる。

「あ、住之江さん！　おはよ〜！」

「おはようございます」

住之江さんは静かに頭を下げた。

「昨日はお茶会のお誘いをお断りしてしまい、申し訳ございませんでした」

「ううん、気にしないで。住之江さんも忙しいだろうし」

「マネジメント・ゲームが始まると、やることが増えるもんな」

旭さんと大正が、それぞれ住之江さんに言った。

対して俺は、発言するタイミングを逃して黙ってしまう。

「友成君、住之江さんとはあまり話したことないんだっけ？」

「そうですね。全くないわけじゃないんですが……」

俺の気持ちを見透かしてか、住之江さんは優しく微笑んだ。

「うふふ、そんな硬くならなくても結構ですよ。クラスメイトなのですから」

「……すみません」

つい緊張してしまったことを見抜かれたようだ。

――住之江千佳。

クラスメイトの中でも雛子と対等に会話できる数少ない人物である。雛子や天王寺さんに勝るとも劣らない丁寧な所作に加え、その可憐な見た目は、男子生徒たちの間でしばしば話題になるほどだ。

雪のように真っ白な肌。肩甲骨から腰にかけて、ふわりと広がる黒い髪。優しくて清楚なその雰囲気からは、雛子たちとはまた違ったお嬢様らしさを感じた。

住之江さんと話したのはこれが初めてというわけではない。かつて俺が、成香のぼっち脱却作戦に協力した際、何回か会話した。……雛子の傍にいるためには、雛子の友人とも仲良くしなきゃならないと思い、俺は住之江さんとも多少話したのだ。

とはいえ接点は少ないため、話した回数は少ない。そんな関係なので唐突に声をかけられるとつい緊張してしまった。雛子や天王寺さんたちは慣れているから問題ないが、久しぶりに後退ってしまうほどの高貴なオーラを感じる。

「こうして面と向かって話す機会はあまりありませんものね。でも私は、友成さんのことを色々知っているつもりですよ？」

「え……それは、何故？」

「友成さんは、此花さんと仲がいいご様子ですし。それに……」

住之江さんは、この場に集まる人たちの顔をざっと見た。

「友成さんの周りには、いつも色んな人が集まっていますから」

「……そう、ですか？」

「あら、そういう自覚がないところも素敵ですね」

そんなことを堂々と言われると流石に照れてしまう。

なんていうか……天使みたいな人だな。

純粋というか、汚れを感じないというか。

順位をつける気はないが、住之江さんはこのクラスだと雛子の次に人望がある。その理由がよく分かった。家柄と性格、どちらも兼ね備えている。

その時、予鈴が鳴った。

「あ」

チャイムを聞いて、俺はつい声を零す。

「どうしたの、友成君？」

「いえ……ちょっと天王寺さんと話したいことがあったんですけど、もう授業が始まるので次の休み時間にしておきます」

琢磨さんの宿題をこなすために、天王寺さんと話したかったのだ。

「……天王寺さんと？」

ふと、住之江さんがこちらを見つめた。

何か気になることがあったのだろうか？

「えっと、マネジメント・ゲームの話がしたくて」

「……そうですか。天王寺さんは頼りになりますからね」

住之江さんは納得した様子を見せる。

「住之江さんは去年、天王寺さんと同じクラスだったんですよね」

「はい。何かとよくしていただきました。……天王寺さんはあの頃から、他のクラスの人たちにまで慕われているご様子でしたね」

「一年生でそれは凄いですね」

「ええ。あれほど優しくて高貴なお方を、私は他に知りません」

心なしか、天王寺さんの話題になった途端、住之江さんが感情豊かになったような気がした。きっと天王寺さんのことを尊敬しているのだろう。

やがて全員が自分の席に座り、授業が始まった。

◆

授業が終わった後、俺は予定通り天王寺さんのクラスへ向かった。

C組の教室を覗くと、キラキラに輝く金髪縦ロール――天王寺さんを発見する。

案の定、天王寺さんもクラスメイトたちに囲まれていたが……ふと、教室の外にいる俺と目が合った。

天王寺さんは首を傾げ、こちらに近づいてくる。

「友成さん、どうしましたの？」

「すみません。相談したいことがあって……」

クラスメイトとの会話を中断させてしまい申し訳なく感じていたが……何故だろう、先程まで天王寺さんと話していた生徒たちは、俺の方を見て何やら盛り上がっていた。

「あちらの殿方、よく天王寺さんと一緒にお茶会している……」

「じゃあ、あの方も高貴なるお茶会の参加者で……」

教室にいる女子生徒たちの話し声が聞こえてきた。

「……高貴なるお茶会？」

「わたくしたちが放課後に催しているお茶会が、いつの間にかそう呼ばれているみたいですわ。まあ、顔ぶれを考えると妥当な呼び方ですわね」

俺は全然妥当じゃないと思うんだけど……。

大正や旭さんも、首をぶんぶんと横に振りそうだ。

「今日はお茶会をする予定がありませんよね？」

「そうですわね。あまり頻繁にやりすぎては、かえってゲームに集中できませんし」

「なら個人的に、少しでいいので放課後話せませんか？」

そう言うと、教室の中からこちらを見ていた女子生徒たちが更に盛り上がった。

「だ、大胆……っ！」

「見かけによらず、逞しい殿方ね……っ！」

黄色い声援が聞こえ、俺は冷や汗を垂らす。

……しまった。

最近、皆に仲良くしてもらっているから油断していた。貴皇学院に通う女子生徒はとんでもない箱入りのお嬢様ばかりで——つまり恋愛の話題に疎く、餓えている。

しかし、天王寺さんはそんな彼女たちと違い、あくまで冷静に頷いた。

「ゲームのことですわね？」

「あ、はい。そうです。……すみません、紛らわしい誘い方をして」

「気にしないでくださいまし。友成さんがそういう人なのは知っていますから」

天王寺さんが微笑んで言った。

何故だろう。その笑顔がちょっと怖く感じる。

「ただ、本日の放課後は先約が入っておりまして、少し遅れてしまいますが……」

「大丈夫です。是非お願いします」

「分かりました。では放課後いつものカフェで集合しましょう」

よし、これで琢磨さんからの宿題を進めることができそうだ。

「ちなみに、どんな相談がしたいんですの？」

「実は今、色んな人の経営について調べていまして」

「なるほど、殊勝な心がけですわね」

俺も天王寺さんの経営には興味があるので、宿題じゃなくても話を聞きたかった。

「わたくしは今、繊維業の会社を動かしていますわ」

「繊維業、ですか？」

「ええ。主に合成繊維を取り扱っている、業界二位の企業ですの」

既に業界二位ということは、ゲーム開始後に設立したわけではなく、あらかじめ所有していた企業なのだろう。

「じゃあ天王寺さんは、その企業で一位を目指すことが今の目標ですか？」

「それは……分かりませんわね」

……おや？

てっきり「勿論ですわ！」みたいな反応がくると思ったが、予想が外れた。

「最初はその予定でしたが、繊維業界の最大手は規模が違いますから。この企業を三年で抜かすのは現実的ではないかもしれませんわ」

天王寺さんは難しい顔をする。

（……一番にこだわる天王寺さんにしては、落ち着いているな）

些細な違和感があった。

何か作戦でもあるのか、それとも経営に関しては普段よりも慎重なのだろうか？

「……話せば長くなりますし、続きは放課後にいたしますわ」

「はい。楽しみにしています」

なかなかタメになる話を聞けそうだ。

忙しそうなところ、時間を作ってくれてありがたい。

「ところで——昨夜の電話の件ですが」

天王寺さんから鋭い眼差しが注がれる。

背中に冷や汗が垂れた。

「貴方と此花さんの事情は知っていますが……あ、あんな時間に、まさか部屋で二人きりなんてことはありませんわよね……!?」

「い、いや、その……」

「ちゃんと目を見て答えてくださいまし～～～～～～～～？」

天王寺さんが顔を近づけてくる。

俺は思わず目を逸らした。

「て、天王寺さんの時も、あったじゃないですか」

「わたくしの時も……？」

「その、天王寺さんの家に泊まった時も……」

豪雨で天王寺さんの家に泊まった際、部屋まで紅茶を届けてくれた時のことである。

一緒に「打倒、此花雛子!!」と叫んだ時のことである。

風呂上がりで、髪を下ろした天王寺さんの姿を初めて見た時のことである。

「大王寺さんは忘れているかもしれませんが……」

「わ、忘れるわけ……」

天王寺さんは、視線を逸らす。

「わ、わたくしが……あの日のことを、忘れるわけがないでしょう……」

天王寺さんの頬が赤く染まった。

それは、どういう意味だろう……？　そう思ったが、俺は訊けなかった。

訊いたら何か、一線を越えるような気がして――。

「え……あのお二人、冗談抜きでいい雰囲気ではありませんか……？」

「そう、ですね……私、ちょっとドキドキしてきました……」

教室から女子生徒たちの話し声が聞こえる。

まるで見てはいけないものを見ているような彼女たちの視線に、俺と天王寺さんは一瞬で我に返った。

「そ、そろそろ授業ですわね！」

「は、はい！　ではまた放課後に！」

早足で自分の教室へ戻る。

続きが放課後でよかった。

しばらくは天王寺さんと、うまく話せそうにない。

◆

放課後。予定通り、俺はいつものカフェへ向かった。

雛子には事前に、今日の放課後は予定があるので一緒に帰れないと伝えている。……最近、雛子は天王寺さんのことになると色々過激な反応を見せるため、誰に会うとは言っていない。静音さんにだけこっそり事情を伝えると「確かに今のお嬢様には内緒にした方がいいですね」と言われたので、申し訳ないが正しい判断をしたのだろう。

カフェに到着して、しばらく待っていると天王寺さんがやって来る。

「友成さん、お待たせしましたわ」

「いえ、大丈夫です」

天王寺さんが椅子を引き対面に座る。

そして……小さな声で質問した。

「……これはどういう状況ですの？」

「……それは俺も知りたいですね」

目だけで周りを見渡す。

カフェは普段とは比べ物にならないほど混んでいた。

他のテーブルについている生徒たちは——じっと俺たちのことを見つめている。

「……恐らく、休み時間のわたくしたちの会話を聞いていた人がいたみたいですわね。とはいえ、ここまで注目されるとは思っていませんでしたが」

天王寺さんも困った表情を浮かべる。

この手の話題が好きなのは男子よりも女子らしく、テーブルについているのは女子生徒ばかりだった。彼女たちは落ち着きのない様子で俺たちの会話に聞き耳を立てている。

……お嬢様って、暇な人が多いんだろうか？

そんなわけないはずだが……。

「えっと、取り敢えず当初の目的を果たしてもいいでしょうか？」

「そうですわね。わたくしたちが真剣な関係であると分かれば、皆さんも落ち着いてくれるでしょうし」

そう言って天王寺さんはノートパソコンをテーブルに出した。

モニターを見せてもらうために天王寺さんの隣に座ると、どこからか「きゃあ！」と女子生徒の興奮する声が聞こえた。一瞬、俺と天王寺さんの動きが止まったが、互いに聞かなかったことにする。

モニターに天王寺さんの会社の情報が映る。複数の企業を経営している天王寺さんの画面は情報量がとても多く、俺の画面とは全然違った。

「……天王寺さんは繊維業の会社を動かしていたんですよね？」

「ええ。こちらの会社ですわね」

　モニターにその企業の情報が表示される。

　業界二位とのこともあって、資本金や社員数も俺の会社とは桁違いだ。

「さて――ここで問題ですわ」

　天王寺さんが俺の方を見て言った。

「実は先程、わたくしはその繊維業の会社に関してある決断をしました。それは何なのか当ててみてくださいまし」

　唐突な問題形式に少し驚いたが、落ち着いて考えてみる。

　天王寺さんの会社は業界二位。となればやはり、一位の会社に飲み込まれないことが大事ではないだろうか？

　ただ、決断をしたと言う以上は、堅実に伸ばすという方向性ではなさそうだ。

「……競合である業界最大手の会社に勝つべく、他の会社と業務提携したとかですか？」

「悪くない線ですが、不正解ですわ」

　天王寺さんは首を横に振る。

「正解は――売却しましたの」

予想外の答えに、俺はしばらく硬直した。

「売却？」

「正確には、その約束を交わしたといったところですわね。相手は業界最大手の会社ですわ。放課後に先約があると言ったのはこの件ですの」

つまり、ライバルとなる業界最大手の会社を追い抜くどころか、その相手に自分の会社を丸ごと渡したということか。

何故そんなことを……。

俺の疑問を察したのか、天王寺さんは説明する。

「当然のことですが、会社を売れば売却益が手に入りますわ。わたくしが売った会社は業界二位ですし、その利益も莫大。……これを次の新規事業に投資しますの」

天王寺さんは紅茶を一口飲んでから続けた。

「わたくしの予想ですと、長期的に見ればこの方がグループの評価額は上がりますわ」

心底驚き、俺は黙ってパソコンのモニターを見つめていた。

呆然とする俺に、天王寺さんはくすりと笑う。

「競合相手とはいえ、敵とは限らないのが経営の面白いところですわ。安易に敵を作ってはいけませんわよ？」

「……肝に銘じます」

　今後、俺の会社が大きくなって、今のギフト事業以外にも新しい事業を始めた時、同様の問題に直面する可能性はある。競合他社の力が強い場合、意固地になって競うだけでなく、敢えて相手に譲って長期的な利益を得るという選択肢も視野に入れた方がいい。

「あら、メッセージが……」

　モニターに吹き出しが表示された。

　そこには、取引の相手と思しき生徒からのメッセージが表示されている。

『先程お話ししたM＆Aの件、ありがとうございます！　天王寺さんの会社なら私も安心して買収できます！』

　メッセージを見て、天王寺さんは手応えを感じたように微笑んだ。

「ウィンウィンの取引になったようで、安心ですわね」

　恐らくこの生徒の会社は、天王寺さんの会社を買収することで更に力を拡大させ、繊維業においては頭一つ抜きん出た規模へと成長してみせるだろう。この生徒にはそんな華やかな未来のビジョンが見えているはずだ。

　メッセージからは、その喜びようが見て取れる。

「……もし、天王寺さんが現実でグループの代表になったら、こんなふうにM＆Aを駆使して会社を経営するんですか？」

「現実でここまで大胆な選択は、そう簡単にはできませんわね。……ただ、いつか現実でもこういう決断が迫られる日が来るかもしれませんわ。わたくしはその時に備えて、今のうちにゲームで勉強しているのです」

忘れてはならない。これはシミュレーションゲームである。その方が勉強になると判断したら、現実では選ばない行動を敢えて選ぶのも一つのやり方だ。

「ありがとうございます。とてもいい勉強になりました」

「お安いご用ですわ。同志であり、同盟でもある貴方の頼み事なら、いくらでも引き受けますわよ？」

ふふん、と嬉しそうな表情を浮かべる天王寺さん。

相変わらず、誰かに頼られるのが好きみたいだ。

「――というわけで、皆さんもそろそろ本分に集中するべきですわ」

天王寺さんは、カフェに集まっている野次馬たちを見て言った。

こちらを見ていた女子たちが「うっ」と気まずそうな声を漏らす。……皆がここに集まったのは、きっと天王寺さんを慕っているからだろう。その天王寺さんにこうもはっきりと言われたら従うしかない。女子生徒たちは軽く頭を下げて、バラバラに解散した。

最後に、彼女たちの話し声が聞こえる。

「……結局、お二人はどういう関係なのでしょう？」

「……今後も慎重に経過観察しておきたいですね」

全然諦(あきら)めてない。当分、周りの視線を気にする日々が続きそうだ。

いや……周りの視線なんて気にしている暇、俺にはないか。

「……俺も、もっと頑張(がんば)らないとな」

M&Aによる売却益で新規事業を始めるという発想は俺にはなかった。

悔(くや)しい。もっと勉強して、天王寺さんたちと同じ土俵に立ちたい。

そんなことを考えていると……。

「友成さん」

天王寺さんが、神妙(しんみょう)な面持(おもも)ちで告げた。

「頑張るのはいいですが、頑張り過ぎてはいけませんわよ？」

「……？」

無理をするなということだろうか？

なら、そのつもりはない。俺は「分かりました」と首を縦に振った。

◆

天王寺さんと別れた後、俺は此花家の屋敷に戻って雛子の部屋へ向かった。

次は雛子の経営について調べたい。

部屋の前に着いた俺は、扉をノックした。

「雛子、ちょっといいか？」

「伊月さんですか？　少々お待ちください」

扉の向こうから静音さんの声がした。

扉が開かれ、部屋の中に入る。

「静音さんもここにいたんですね」

「ええ。お嬢様のサポートを」

「サポート？」

静音さんはその手に持つタブレットを揺らして言った。

「マネジメント・ゲーム中は、お嬢様の秘書を務めています」

タブレットの画面は文字やグラフでびっしりと埋め尽くされていた。全部、会社の資料だろうか。膨大な情報量である。

「伊月……どうしたの？」

ノートパソコンと向き合っていた雛子がこちらを見て訊く。

丁度、ゲームを進めていたようだ。

「今、マネジメント・ゲームの勉強で、色んな人の経営について調べているんだ。よかったら見学させてもらってもいいか？」

琢磨さんの宿題であることは言わないでおこう。雛子は琢磨の名前を聞くだけで嫌な顔をするから。

「大丈夫。でも、そろそろ終わる予定だから……」

「予定では、あと一時間はゲームに集中してもらいますね」

「うぅ……」

雛子は悲しそうにパソコンと向き直った。

何か飲み物でも用意してくれればよかったかと思ったが、よく見れば机の向こう側に茶器を載せたワゴンが置いてあった。静音さんが持ってきたのだろう。

ピコン、と雛子のパソコンから音がする。

モニターに、他の生徒からのメッセージが表示されていた。

『あの、此花さん。少し相談に乗っていただけませんか？』

雛子はすぐに返事をした。

『大丈夫ですよ。どうしました？』

『事業の売却を検討しているのですが、株主総会でＡＩに反対されまして。どうすればいいんでしょうか』

なかなか難しい問題だ。

メッセージを読んだ雛子は、静音さんの方にさっと手を伸ばした。

「静音」

「はい、お嬢様。こちらの企業ですね」

静音さんがタブレットを雛子に渡す。

「一応、伊月さんにも共有しておきましょう」

「ありがとうございます」

静音さんがスマートフォンを渡してきた。画面には雛子が見ているものと同じ、メッセージを送ってきた生徒の企業情報が映っている。

『株式非公開化をしたらどうでしょう？　そうすれば経営の指揮もとりやすいと思いますし、貴女の会社ならデメリットも少ないかと思います』

『ありがとうございます！　わざわざ私の会社のことも調べてくれたんですね！』

雛子の回答に対し、相手の生徒は感激していた。

『ところでその事業、もしよろしければ私が買ってもいいですか？』

『え』

「えっ」

相手の生徒だけでなく、俺も驚いた。

静音さんから貰ったデータを読む。財務情報を確認するが、今話題にしている事業は正直あまり魅力的ではないように見えた。

「いいのか雛子？　この事業、赤字が続いているみたいだが……」

「大丈夫……私なら立て直せるから」

雛子は淡々とそう告げた。

相手の生徒も驚いた様子でメッセージを送ってくる。

『えっと、いいんですか？』

『はい。念のため、そちらの事業のデータを送っていただいてもいいでしょうか？　できるだけ細かいものをお願いします』

すぐに相手の生徒から事業のデータが送られてきた。こちらが所有している書類のデータと比べて、更に細かくて膨大な数値が記載されている。

モニターに映ったそのデータを、雛子はぼーっと見つめた。

……本当に大丈夫だろうか？

雛子が何を考えているのか分からず、不安を抱く。

そんな俺を見て、静音さんは吐息を零した。

「……なるほど。伊月さんは、なまじお嬢様と距離が近いからか、お嬢様の才能をあまり知らないのですね」

「才能……？」

首を傾げる俺に、静音さんは頷く。

「心配ご無用です。お嬢様は、あの華厳様に『実務能力は天才的』と言わしめるほどの人物ですよ」

「っ」

そうだ。

そうだった。

学院にいる皆と違って、俺にとっての雛子は素の姿のイメージの方が強い。

けれど雛子は紛れもなく此花グループのご令嬢で、あの貴皇学院で完璧なお嬢様と呼ばれるほどの才覚を持っているのだ。

「商品……把握（はあく）」

小さな声で、雛子が呟（つぶや）いた。

「設備……把握」

雛子はじっとモニターを見つめる。

とてつもない速度でデータを読み進める。

「従業員……把握」

カチカチ、と小刻みにマウスをクリックする。

「取引先……把握」

静かに、深く潜（もぐ）るように雛子は集中する。

やがて雛子は小さく吐息を零し──。

「…………ん、全部把握した」

雛子は軽く背筋を伸ばして言う。

「見積もりが雑……過払（かばら）い金（きん）もたくさんある。でも契約（けいやく）内容を精査して、その辺りを直せば……二年後には黒字になる」

俺は雛子が何を言っているのか分からなかった。

何を見ているのか分からなかった。

ただ、何が起きたのかだけは理解できた。

雛子はこの僅か数分の間で、事業のデータを熟知してみせたのだ。でなければこんなはっきりとした結論は出せない。

――――鳥肌が立った。

普通、そんなふうにデータをぽんと渡されただけで、一瞬でその全容を理解できるわけがない。経営について勉強を始めたからこそ、その手腕が異次元であることに気づく。

そんな俺の驚愕を他所に、雛子はメッセージを送った。

『是非、買わせていただきます』

『ありがとうございます！』

二人のやり取りを、俺は呆然と見ることしかできなかった。

「お嬢様は、自身が抱えるリソースを完璧に把握して使いこなすことができます」

静音さんが説明する。

「勿論、それは決して簡単なことではありません。会社というものは、膨らめば膨らむほど制御不能に陥りやすく、社長ですらその全容は把握できないものです。ですがお嬢様は違う。お嬢様の頭脳なら、あらゆる数字を網羅でき、正しい方向へ導ける」

静音さんは雛子を見る。その目には心からの敬意が灯っていた。

「余分な出費を削ぎ落とし、設備と人材を最大限活かしていく……最も堅実で王道な経営と言えるでしょう」

王道……あまりにも的を射た表現だと思った。

華厳さんが父親ではなく経営者の目線で雛子を見てしまう気持ちも分かる。

雛子は紛れもなく、人の上に立つべき器だ。

これで表向きは周囲の評判もいいのだから、まさしく完璧と表現する他ない。

「ふぃぃ……疲れた」

生徒との話し合いが終わったらしく、雛子はリラックスした。

「お疲れ、雛子」

「ん。……勉強に、なった？」

「ああ。凄く参考になった」

「んへへ……」

雛子は嬉しそうに笑う。

……こ、こっちの雛子にも、寄り添わないとな。

完璧なお嬢様と、素の雛子。きっとどちらも雛子にとっては大切だ。

今、俺が目の当たりにした光景はとても衝撃的で、ほんの少しだけ敬意と共に恐怖心を抱いた。雛子の振る舞いがあまりにも完璧なお嬢様らしくて、俺が知っている素の雛子の印象が吹き飛んでしまいそうな気がしたのだ。

思えば、学院の皆はずっとこれを感じていたのだろう。

学院にいる時の雛子は、振る舞いこそ演技だが、能力は間違いなく本物である。多少のボロが出たところで、その能力で強引に誤魔化せる。

だからこそ、俺だけは誤魔化されてはならない。

表と裏、どちらの雛子にも寄り添える人になりたい。

そのために俺は、此花グループの役員を――少しでも雛子と対等と言えるような地位を目指しているのだから。

「……………自称同志には、負けないから」

雛子がボソリと小声で言う。

雛子は雛子で、謎の決意を抱いていた。

「伊月さん」

静音さんが、小さな声で俺を呼ぶ。

手招きしているということは、雛子には内緒の相談があるということだろう。ゲームに集中している雛子に気づかれないよう、俺は静音さんに近づく。

「なんですか？」

「次に声を掛けるのは都島様ですか？」

「……そのつもりですけど、何故それを」

「伊月さんの人脈で天王寺様、お嬢様の順番なら、次の相手はなんとなく予想できます」

確かに、天王寺さんと雛子に並ぶほどの家柄の生徒で、かつ俺の知り合いだと成香くらいしか見つからない。

「一つお願いがあるのですが、都島様の経営について何か知ることがあれば、私にも共有してもらえますか？」

「それはまあ、大丈夫だと思いますけど、理由は何ですか？」

「都島様が所有する会社、シマックスの売上が順調に伸びているからです。もし秘訣などがあれば、是非お嬢様にもお伝えしようかと」

成香の会社は、俺の知らないところで伸びているらしい。

まだゲームが始まったばかりなのに……と思ったが、ゲーム内では既に一ヶ月以上の時間が経過しているのだ。そろそろ成果に差が出始めてもおかしくない。

「スパイになってほしいと言っているわけではありませんので、本人の許可が下りなければ結構です」

「分かりました。多分、成香なら許可を出してくれると思います」

成香はあまり腹の探(さぐ)り合いを好む性分(しょうぶん)ではない。

それにしても……まさか、成香が順調に成果を出しているとは。

普段(ふだん)の振る舞いからはあまり予想できないが、一体どんな経営をしているのだろうか。

◆

次の日。

「友成、そっちにボールいったぞ！」

「はい！」

二学期の体育の授業はバスケットボールから始まった。

リバウンドによって弾(はじ)かれたボールを拾い、ドリブルで相手コートまで一気に走る。

「いけ、友成！」

レイアップでシュートすると、パサッという音と共にボールがゴールに入った。

「ナイス！」

「ありがとうございます」

　大正とハイタッチする。

　偶々、俺がボールを持った時に相手コートががら空きだったのだ。運よく決まったカウンターだが、これで俺たちのチームが勝ち越した。

　ホイッスルが鳴り、試合が終わる。

　俺たちのチームは今からしばらく休憩だ。

　体育館の端に寄り、頬から垂れた汗を体操着の襟で拭う。

　呼吸を整えていると、傍にいた生徒たちの会話が耳に入ってきた。

「昨日言ってたアイデアがさ、かなり高く評価されたんだよ」

「へぇ……確か、スーパーの新商品を開発する仕組みだっけ？」

「ああ。開発段階で消費者テストをやれば、打率も高くなるんじゃないかって。現実でも実施してほしいよ」

「マネジメント・ゲームで上手くいけば、親も説得できるかもな」

　二人の男子生徒の会話を、俺は頭の中で嚙み砕いて理解に努める。

　従来は新商品を開発する際、社員だけで売れるか売れないかの判断を行っていたが、それを不特定多数の消費者……普段スーパーを訪れるお客さんにバイト感覚でやってもらうことで、お客さんの目線で発売前の商品を評価できるようになったらしい。

（……面白いな）

無意識に唇が弧を描く。

貴皇学院は日に日にマネジメント・ゲーム一色の雰囲気となりつつあるが、どうやら狼狽していたのは俺だけで、他の生徒は平然と……いや、むしろ活き活きとしていた。

思えば、学院の生徒たちは常日頃から頭の中で自分の家――つまり会社のことについて真剣に考えていたのだろう。マネジメント・ゲームは、そんな彼らの頭の中が表に出る切っ掛けとなっただけで、彼ら自身はゲームの前後で何も変化していないのだ。

その証拠に、ここ最近の皆はどこか楽しそうに見える。

普段は口数が少ない生徒も、まるで決壊したダムの如く、今まで頭の中だけで考えていたアイデアを語り尽くす。

そんな空気にあてられたのか、俺も少しずつ楽しくなってきた。

（……成香にはいつ声を掛けよう）

琢磨さんに与えられた宿題のことを考える。

正直、成香の経営はまるで予想がつかない。

天王寺さんと雛子の経営はそれぞれやり方が異なっていたが、どちらも知識と経験に基づいた卓越したものだった。しかし成香に――あの二人に並ぶほど頭がいいとは言えない成香に、そのようなやり方ができるとは思わない。……まあ、そもそも天王寺さんと雛子が貴皇学院でも特別優秀なだけだが。

静音さんから話を聞いた後でも、俺には成香が何をしているのか予想できなかった。

隣のコートに視線を向けると、丁度、休憩に入ったばかりの成香を見つけた。

運動している時の成香は誰もが見惚れるほど魅力的だった。クールビューティという評判が広まるだけある。まだ試合の気分が抜けきっていないのか、真剣な表情で汗を拭うその姿を、多くの生徒たちが憧れの目で見ていた。

「都島さん！　さっきのシュート、かっこよかったです！」

「あ、ああ。ありがとう」

加えて、今の成香は以前と違って常に孤独というわけでもない。

まだ硬さは残るが、ちゃんとコミュニケーションができている。

……成長したなぁ。

今までの苦労をしっているからこそ、感慨深い。

「成香」

偶々近くで休憩していたので丁度いいと思い、成香に声を掛ける。

振り返った成香は満面の笑みを浮かべ、こちらに近づいた。

その犬みたいな人懐っこさを俺以外にも発揮できれば、多分、今よりも更に色んな人に好かれるようになるだろう。

「マネジメント・ゲームについて、ちょっと話を聞いてもいいか？」

「んっ……ま、まあ、力になれるかは分からないが、構わないぞ」

成香の顔が一瞬引き攣った。

あまり自信がなさそうな反応だ。

「成香はどんなふうに会社を経営してる？」

「どんなふうと言われても……私は、あまり捻ったことはしていないぞ。特別な知識も技術もないからな」

「でも、業績は伸びているんだろう？」

「そうみたいだな。あまり実感はないが……」

「たとえば直近だと、どんなことをしたんだ？」

尋ねると、成香は少し考えてから答えた。

「オーダーメイドのランニングシューズを開発した」

成香は続けて説明する。

「伊月！　どうした⁉」

「足の形は左右でも微妙なズレがあるんだ。土踏まずの高さとか、指の長さとかな。そういう人それぞれの足の形に合った靴を作りたいと思ってアイデアを提出したら、予想より評価が高かった。機械で足の形をスキャンして、あとは３Ｄプリンターで各パーツを製造するという方法が評価の高さに繋がったらしい」

「なるほど……よくそんなの思いついたな」

「オーダーメイド自体はスニーカーやブーツの業界で昔から盛んだからな。それを参考にしたんだ」

俺はオーダーメイドの靴なんて持っていないが、確かに高級なスニーカーは職人が一人のお客さんのために丹精込めて製作しているイメージがある。成香のアイデアが評価された理由は、職人芸のデジタル化というやり方が画期的だからではないだろうか。

「他にもあるか？」

「他か……靴の前は、女性向けのコンプレッションウェアを開発したな」

「コンプレッションウェア？」

「身体を軽く締め付ける、タイツみたいな素材のスポーツウェアだ。疲労回復やパフォーマンスの向上効果があるんだが、身体の輪郭がはっきり出てしまうせいで人によっては着づらい。だからデザインでその欠点をカバーできないか考えてみたんだ。たとえばお腹のシルエットがスラリと見えるように、この辺に白いラインを入れて……」

成香が自分のお腹を触りながら細かく説明してくれる。

……何が特別な知識も技術もない、だ。

あるじゃないか。

特別な知識。それも他の追随を許さないほどのものが。

ことスポーツに関しては、成香は昔から無敵だった。それこそ天王寺さんや雛子でも敵わないほどに。これだけ精力的にアイデアを出しており、しかもその全てが今すぐに実現可能なものなのだから、静音さんが気にするほどの成果を出しているのも納得である。

「ど、どうだ？　参考になったか？」

「ああ。……正直びっくりした。成香も真剣にやってるんだな」

「お、お前は！　私のことをなんだと思っているんだ！　いやまあ、普段の私からは確かに想像できないかもしれないが……」

憤ったり落ち込んだり、忙しい性格だ。

「……本当は駄菓子屋をやりたかったんだ」

「まだ言ってるのか」

「ああ……久しぶりに本気で怒られた」

成香が本気だっただけに、両親も本気で怒ったのだろう。

成香は自分の将来をどう考えているのだろう……？

「……そういえば、成香はスポーツの選手になろうと思ったことはないのか？」

「うーん……その質問はよくされるが、正直ないな。スポーツは楽しいし、向いている自覚はあるが、私はそれを人に勧める方が好きだ」

成香の両親も、こういう成香の気質を見抜いているのかもしれない。

本気で家を継ぐ気がなく駄菓子屋を始めたいというなら、恐らく成香の両親も態度を変えたはずだ。でも結局、成香は家を継ぐことになるだろう。

「伊月はあれからテニスはやっていないのか？」

「そうだな……色々忙しくて」

「伊月の立場を考えると仕方ないな。……またやりたくなったらいつでも言ってくれ。私が伊月に教えられる、唯一のものだからな！」

胸を張って成香は言う。

……そんなことはないけどな。

直向きに努力する成香に触発されたことは少なくない。それに成香はネガティブだから自分の長所に気づいていないだけで、尊敬に値するところはたくさんある。

「都島さん、マネジメント・ゲームのお話ですか？」

その時、休憩中の女子生徒が成香へ声を掛けた。

成香は途端に緊張し、強張った顔つきになる。俺は自分の両頬を軽く持ち上げ、成香に顔を解すようジェスチャーで伝えた。

成香はほんの少しだけ表情を柔らかくして、振り返る。

「あ、ああ、そうだ」

「あの、今日の放課後にクラスの皆でゲームについての話し合いをするつもりでして、よろしければ都島さんにもご参加願えませんか？」

「えっ、わ、私がか……っ!?」

「はい！」

女子生徒の純粋な厚意を目の当たりにして、成香は激しく狼狽した。

「ど、どどっど、どど……どうしよう、伊月……!?　どうすればいいと思う……!?」

成長したと……思ったんだけどなぁ……。

ここは成香のためにも心を鬼にしよう。

成香の代わりに俺が答える。

「参加するみたいです」

「伊月⁉」

「凄く参考になる話が聞けますので、期待していいですよ」

「伊月⁉」

涙目な成香を心の中で応援し、俺は男子コートの方へ向かった。

二章◆住之江千佳

マネジメント・ゲームが始まってから最初の金曜日となった。

ゲームの期間中は金曜日が休校となり、土曜日と同じように朝から晩までゲームにログインできる状態となる。つまり期間中の金曜日は、ゲームに専念するための休日だ。

『……うん、三つともちゃんと要点を理解できているね』

この日、俺は琢磨さんとビデオ通話していた。

琢磨さんは、俺が送信した宿題の答えを確認し、満足げに語り出す。

『M&Aを中心に会社の規模や売上を伸ばそうとする天王寺さん。堅実かつ無駄のない経営で盤石の地位を保つ雛子。画期的な商品を次々と生み出していく都島さん。まさに三者三様のやり方だ』

琢磨さんは、俺がここ数日で調べた三人の経営について、ざっくりと要約してみせた。

『特筆するべきは都島さんのやり方だね。……これは天才のやり方だ。いい意味で反則と言ってもいい。多くの経営者はそれができないから試行錯誤するというのに』

琢磨さんは素直に感心した様子で言った。

雛子や天王寺さんを差し置いて、まさか成香がこの分野で天才と呼ばれることになるとは……。驚きはしたが納得できる。成香のアイデアはどれもユーザー目線に立ったものだった。ただ無闇矢鱈にアイデアを出しているわけではない。

雛子が王道なら、天王寺さんは覇道、そして成香は……反則に近いので邪道だろうか。

『さて。じゃあこの三人のやり方の中で、伊月君が真似するべきものは何だと思う？』

ちょっと考えた限りでは、どれも真似できない気がする。

今の俺には会社を買収する資金もないし、ずば抜けた知識もない。

ただ、強いて言うならば……。

「……天王寺さんの、新規事業を盛り上げていくという方針」

『正解。新規事業かサービスの拡充は急務だ』

琢磨さんが頷いた。

『具体案は何か思いつくかい？』

「そうですね……ターゲットとする市場を増やすのはどうでしょうか？　そうすれば、利益を得られる根本的な仕組みが増えますし、長期的に活きると思います」

『悪くないね。……いいじゃないか、ちゃんと経営脳が身についている』

そりゃあもう、琢磨さんの教えに食らい付くために頑張って勉強しているので。

『ただ、落とし穴に嵌まる前に一つだけ注意を促しておこう。事業は利益率だけで見ないことが大事だ』

画面の向こうで、琢磨さんが神妙な面持ちで語る。

『企業の存在意義は多種多様と言える。たとえば地域密着型のスーパー……小売業は利益率だけで考えると不利な分野だけど、代わりに地域経済への貢献度が高い。いい商品を提供するだけでなく、雇用の創出という意義もある』

同盟を組む際のお茶会で雛子が言っていたことでもある。

会社の存在意義はそれぞれで、その意義自体は競うものではない。

『君のサービスは、なんでも売る通販ではなく、敢えてギフトに絞った通販だ。利益率だけを見ていると、いつか必ずコンセプトと衝突する』

「……揺らがないことが大事ってことですね」

『そう。新しい市場を見据えるのはいいけれど、利益に釣られてコンセプトを見失っちゃいけないよ』

分かりやすくて信頼しやすい。顧客はそういう経営を求めているのだろう。

結局、経営の肝は「いかに人々に愛されるか」の一言に尽きるかもしれない。

売上などの数字は大事だが、行き着くところは結局、感情なのではないだろうか。

『必要以上に揺らがないようにするためにも、世界観を作ることを提案したんだ。こっちもちゃんと自分なりに答えを出せたみたいだね』

「はい。大人のかっこよさを演出できる、スタイリッシュな雰囲気にしてみました。これで広告も出してみます」

トモナリギフトの通販サイトは、気軽に物を贈り合う人間関係が、かっこよくて、大人っぽいことを演出するようなデザインにしてみた。実際に俺がやったことと言えば、従業員であるAIのエンジニアに「こんな形にしてほしい」と注文しただけだが、この流れは現実でも同じな気がする。

『方針は決まったね。じゃあ今回の相談はここまでにしておこう』

「……ほぼ確認だけで終わったような気がするんですが」

『それだけ順調なんだよ』

塚磨さんは続けて言う。

『普通、経営について何も知らない人が一から起業した場合、エゴが出るんだ。自分の表現したいものとか、売りたいものばかり商品に詰め込んでしまう。……その点、君は最初から顧客目線を持っていた。伊月君には経営のセンスがあるよ』

「……ありがとうございます」

まさか褒められるとは思わなかったので、少し驚いた。

――嬉しい。

ここまで手探りで頑張ってきたから、褒められるととても嬉しかった。

しかも褒めてくれた相手が琢磨さんだ。いつも厳しい人から褒められると、本当に順調なんだという実感が湧いてくる。

『モチベーションも高そうだ。何か心境の変化でもあったのかい？』

「心境の変化ってほどじゃないですけど、マネジメント・ゲームが始まってから学院の皆が活き活きとしているように見えて……」

昨日、体育館でクラスメイトの話を聞いていた時のことを思い出す。

「俺もこのゲームを楽しもうと思ったんです。実際、架空の会社とはいえ数字が伸びていくのを見るのは面白いですし」

最初こそ、危機感や義務感に突き動かされていた気もするが、今は純粋にゲームを楽しむ気持ちを抱いている。

『そう。経営は楽しくて、面白いんだよ』

琢磨さんは笑みを浮かべた。

『貴皇学院の生徒は半数以上が将来、経営者になるけれど、それは単に親の跡を継ぎたいからじゃない。皆、経営の楽しさを知っているのさ。彼らは子供の頃から親の背中を通して、経営の魅力に気づいている。……これほど知的で刺激的な世界は他にないよ』

どこか上機嫌にそう告げる琢磨さんに、俺はふと思った。

……琢磨さんは経営が好きなんだな。

得体の知れない印象が強かった琢磨さんだが、今、初めてその正体の一部を垣間見たような気がする。

だからといって琢磨さんの価値観が変わったわけではない。琢磨さんは今も、華厳さんや雛子のためと言いながら、此花グループを解体してもいいと考えている。

俺を弟子にしてくれたのも、俺のためではないはずだ。理由はよく分からないが、琢磨さんの中では、俺に経営術を教えることが自分の利益に繋がっているのだろう。

ただ、それを踏まえた上でも……。

（……この人は、やっぱり悪い人ではない）

良くも悪くも自分のやりたいことに真っ直ぐなだけだ。

この人には善意も悪意もない。

それは、ある意味――信頼できるということかもしれない。

『他に何か質問はあるかい？』

琢磨さんの問いかけに、俺は二日前のことを思い出した。

「雛子の経営について調べる過程で偶々知ったんですけど、マネジメント・ゲームにも株主総会があるみたいでして……俺もいつかそういうのをやるんでしょうか？」

『日頃から株主に逆らっているならともかく、伊月君の場合はそうじゃないから勝手にスキップされると思う。現実でも、起業してすぐのベンチャー企業はそもそも普段から株主と連絡を取り合っているから、株主総会を開いたところで話すことはないんだよね』

株主総会の知識も持った方がいいのかと思ったが、優先順位は低そうだ。

正直、助かる。今は他のことで手一杯だ。

『じゃあ次の宿題を出そう。まずは会社の経営状態を読めるようになってもらう。具体的には、BSとPLを読めるようになってほしい』

「分かりました」

BSは貸借対照表とも呼ばれる会社の財政状態を示す表で、PLは損益計算書とも呼ばれる会社の経営成績を示す表だ。

『それと、伊月君は上場する気はあるかい？』

上場。あまり意識してこなかったキーワードが出てきた。

「……今はまだ、そこまでは考えてないです」

『……まあ三年間しか経営できないわけだし、ＥＸＩＴ戦略はざっくりでいいか』

琢磨さんがボソリと何かを呟く。

『なら、株についての理解を深めようか』

「株ですか？」

『Ｍ＆Ａの話題も出たし丁度いいよ。可能なら、自社株価の評価額がどんなふうに計算されるかも調べた方がいいね。自分のやるべきことが見えてくるはずだ』

「なるほど……分かりました」

『評価額がいきなり跳（は）ね上がって税金が払（はら）えない、みたいなケースの対策にもなるんだけど……これもゲームでは関係ないかな』

宿題をテキストファイルにメモしておく。

ちょっと内容が難しかったため、あとで議事録の共有がてら確認した方がよさそうだ。

「今更（いまさら）なんですけど、琢磨さんは貴皇学院の生徒だったわけじゃないんですよね？　なんでそんなにマネジメント・ゲームに詳（くわ）しいんですか？」

『それは静音（しずね）から聞いたのかな？』

俺は首を縦に振った。

その通り、静音さんから教えてもらったが……なんで一瞬で分かるんだろう。雛子とか華厳さんも候補に挙がるはずなのに。

この人の才能は本当に不気味だ。

『単純な話、マネジメント・ゲームの制作に協力したんだよ』

「……協力？」

『そう。クレジットに僕の名前が載ってるよ』

ゲームのオプションを開き、スタッフ一覧を確認してみる。

そこには確かに琢磨さんの名前も載っていた。

……なんか、複雑だ。

自惚れも甚だしいが、俺は心のどこかで琢磨さんを乗り越えるべき壁――ライバルのように考えていた。だからこそゲームに対するやる気を燃やしていたのだが、今の話を聞いて結局は琢磨さんの掌の上にいるような気分になってしまった。

『そんなに凹まなくてもいいよ。僕が関わったのは本当に一部だけだから』

いちいち心を読まないでほしい。

『ところで、新しいことを始めるなら資金調達も考えなくちゃいけないけど、頼りの伝手はあるのかい？』

「いえ……それも今から探します」

マネジメント・ゲームでは会社を起業した際、任意で株主を自動的に用意してもらうことができ、その後は株主が提示したマイルストーンを達成するごとに活動資金が手に入れられる。ただ株主は他にも自分で用意することができ、更に活動資金が欲しいなら自力で探さなければならない。俺は今まではそのやり方で資金を手に入れていた。

事業はそこそこ軌道に乗っている。今なら投資してくれる人も少なくないだろう。

『折角だから、ＩＴ関係に詳しい友人に伝手を紹介してもらったらどうだい？　将来の大事な人脈になるかもしれないよ？』

琢磨さんの提案に、俺は考える。

俺が声を掛けられそうな、ＩＴ関係に詳しい友人と言うと――――。

◆

月曜日。

学院に登校した俺は、教室をざっと見渡し、探していた人物の姿を見つけた。

「北君」

自分の席でノートパソコンを開いていた北が、こちらを振り向く。

ゲームが終わるまでの間、生徒たちは授業中でない限り自由にパソコンを触っていいことになっている。……と思いきや、貴皇学院では元から自由にパソコンを触ってもよかったらしい。普段はスマートフォンで用事を済ませている生徒が多いが、ゲーム期間中はパソコンを開く生徒が増えていた。

「友成君、どうしたの？」

「この参考書を返そうかと」

鞄から取り出したのは、基本情報技術者というIT技術者のためにある国家資格の参考書だった。俺はマネジメント・ゲームが始まる前からこの参考書を借りていたのだ。

北は参考書を受け取って、適当なページを開き、俺を見る。

「BPOとは何か、説明せよ！」

「自社の業務を、企画から設計まで一括して外部に委託すること！」

「システム障害が発生した時、電源を入れ直し、システムを初期状態に戻して再起動する方法のことを何と言う！」

「コールドスタート！」

互いに指を差し合って出題と解答を繰り返した後、北は笑う。

「どっちも正解。相変わらず勉強熱心だね」

「そうしないと鬼が出るので……」

「？」

北が首を傾げる。

俺が勉強をサボると、メイド長が鬼に変化するのだ。

「北君。マネジメント・ゲームについて相談していいですか？」

「うん、いいよ」

北は競技大会の少し前に仲良くなったクラスメイトだ。その後もそれなりに関係は続いており、俺にとっては大正や旭さんと同じくらい話しやすい相手になっていた。

どちらもＩＴ系の勉強をしているので、参考書の貸し借りはよくしている。と言っても北は俺のだいぶ先を行っているため、ほとんど俺が一方的に借りているわけだが。

「実は今、事業拡大のために資金調達の伝手を探していまして……」

「……そっか。友成君のスタート・ポジションは起業だったね」

ゲーム内で俺の会社について調べてくれたのだろう。スタート・ポジションを北に教えた覚えはないが、北は俺の境遇を知ってくれていた。

「ごめん、僕が紹介できそうなところはないかな。ベンチャー企業ならＶＣに頼るのが定石だと思うけど、僕は最初から中堅だったし……」

「ですよね……」

ＶＣとはベンチャー・キャピタルの略で、ベンチャー企業を専門に扱っている投資会社のことだ。俺はここから出資を受けたいと思っていたが、北に伝手はないらしい。

……正直、その返答は予想していた。

スタート・ポジションに差があるため、俺と北では直面している課題も異なる。

「あ、でも……」

北はふと、何かを思いついたかのような様子で考え込んだ。

「……友成君。提案なんだけど、ＩＴ系の経営者だけ集めて勉強会をやってみない？」

「それは、俺にとってもありがたいですが……」

「僕も今困っていることがあって、色々話し合う機会がほしかったんだ」

そうだったのか。

「あと……友成君が放課後やっている勉強会にも、ちょっと憧れててさ」

北が少し恥ずかしそうに言う。

例のお茶会のことだ。……最近、よく話題にされるな。

「高貴なるお茶会だっけ」

「いえ、それは勝手につけられた名前なので……」

「あはは、まあそうだよね。でも傍から見たらそう名付けたい気持ちも分かるよ。友成君も垢抜けたというか、此花さんたちに馴染んでいるように見えたし……」

それは素直に嬉しい評価だ。

雛子や天王寺さん、成香たちの隣に立ってもおかしくない人間になる……これが今の俺の目標なのだから。

「勉強会のメンバーはどうします？　俺は心当たりないんですが……」

「それなんだけど、誘いたい人がいて」

北は続けて言う。

「同じクラスに住之江さんっているでしょ？　彼女の実家は大手ＩＴ企業なんだ」

◆

放課後。俺と北は、学院のカフェに来ていた。

「住之江さん、そろそろ来るかな」

勉強会は俺と北に加えて、住之江さんの三人で行うことになった。人数が多すぎると一人一人の相談に割ける時間が少なくなってしまうからだ。

住之江さんは休み時間に勉強会へ誘ったが、快く参加を約束してくれた。ただ先約があったらしく、三十分ほど遅れるとのことである。加えて家の用事もあるため、長時間は厳しいかもしれないとの連絡もあった。

先にカフェに着いた俺と北は、パソコンを開き、のんびり雑談しながらそれぞれゲームを進めていた。

「ごめんね。前に友成君が資格の勉強をしている時、同じクラスで似たような境遇なのは僕らだけって言ったから紛らわしかったよね。……住之江さんはレベルが違いすぎて似た境遇とは言えなかったんだ」

「いえ……言われて気づきましたが、俺も住之江さんの実家がＩＴ企業であることは知っていました」

あまり接点がなかったので、忘れていただけである。

「ところで友成君、今は何をしているの？」

北が俺のパソコンの画面を覗き込みながら訊いた。

「ＢＳとＰＬの読み方を勉強しています」

「うわ……凄いね、ちゃんとそういうのも勉強しているんだ」

「北君は勉強してないんですか？」

「うん。ゲームだと自動的に数字を出してくれるから、今はいいかなって」

それは俺も勉強しながら感じていた。ゲームを進めることだけを考えるなら、ＢＳもＰＬも読めなくていい。

「友成君が急成長していく理由がよく分かるよ。忙しくても、ちゃんと将来に役立つ勉強を並行して進めているんだね」

この宿題を出したのは琢磨さんだが、俺自身もマネジメント・ゲームを切っ掛けに、将来に役立つ勉強をしたいと考えていた。その考えは正しかったようだ。

俺がこういう考え方を培えたのは、きっと静音さんと琢磨さんのおかげだろう。あの二人の厳しくて合理的な指導を受け続けたおかげで、俺は多分、物事を長期的な観点で見ることができるようになった。

心の中で二人に感謝していると、背後から足音が聞こえる。

「お待たせしました」

振り向けば、住之江さんがふんわりとした髪を揺らして会釈した。

「いえ、忙しいところすみません」

「うふふ、そんなに畏まらなくても結構ですよ」

俺と北が立ち上がって挨拶すると、住之江さんは優しく微笑んだ。

住之江さんが席に座ると、カフェの給仕が手際よくやって来て注文を尋ねた。住之江さんは慣れた様子で紅茶を注文する。

「住之江さんの実家は、大手ＩＴ企業だったんですね」

「はい。主に金融系のシステムを開発しています」

貴皇学院に編入した際、俺は静音さんからクラスメイトのプロフィールを覚えるように指示された。だから住之江さんの会社のことは多少知っている。接点があまりなかったため記憶の片隅に追いやられていたが、今、久しぶりに思い出した。

住之江さんの実家――ＳＩＳ株式会社は、東証プライムに上場しているＩＴ企業だ。主に金融業界向けのシステムやサービスを作っており、特にクレジットカードの基幹システム開発では国内市場シェアの凡そ五割を誇っている。ちなみにＳＩＳはSuminoe Information Systemの頭文字だ。

どうりで、教室でも雛子に物怖じせずに話しかけられるわけである。ＩＴ業界という括りでは、住之江さんの実家は学院でも三指に入るだろう。

住之江さんもかなりのお嬢様だ。

「卒業後はやっぱり会社の跡を……？」

「いえ、私は継ぎません」

俺の問いに、住之江さんは首を横に振った。

「会社の跡継ぎは、私の兄に決まっているんです」

住之江さんは淡々とそう告げた。

……そうか。

今まで、周りの人が跡継ぎばかりだったから気づかなかったが、本来なら住之江さんのような人も当たり前のように存在するはずだ。

「両親の優しさで私はこの学院に通っていますが、卒業後、会社の経営に関わる予定はありません。卒業後は他の会社に勤めるつもりです」

「他の会社？」

「はい。……卒業後は、天王寺さんのもとで働く予定です」

天王寺さんの？

住之江さんは、丁寧に説明し始めた。

「一年生の時、目標がなくて空虚な日々を送っていたところ、天王寺さんにお声がけいただいたのです。私の成績を認めてくださった天王寺さんは、卒業後、天王寺グループのIT企業で働かないかと提案してくれました。……おかげさまで、私は天王寺さんには感謝してもしきれません」

　その言葉や所作からは、住之江さんが天王寺さんを尊敬していることが窺えた。

　以前、お茶会をしていた時に住之江さんが天王寺さんに声を掛けていたが、二人はそんな関係だったのか……。

「天王寺グループのＩＴ企業というと、あのユーザー系の子会社だね。あっちも東証プライムだし、かなりの大企業だ」

「そうですね。そこまで腕を買っていただけたことを、光栄に感じています」

　北は住之江さんが内定している企業に心当たりがあったらしい。その話しぶりだと、調べればすぐに出てくるレベルの有名な企業なのだろう。

「そういえば友成君も、天王寺さんと仲がいいよね」

　ふと北が俺の方を見て言った。

「一学期の頃、体育館で二人が踊っている姿を見たけど、凄く様になっていたよ。最後は天王寺さんとお似合いだって噂にもなってたし」

「え、そうなんですか？」

　以前、天王寺さんから試験対策やテーブルマナーなど色々教わっていた時期がある。その時のことを言っているのだろう。

だから先日、天王寺さんとマネジメント・ゲームの話をした時、予想以上に注目を浴びていたのかもしれない。一学期の頃から俺と天王寺さんの噂が流れていたようだ。

――――ギリッ。

その時、変な音が聞こえた。

反射的に音がした方を……住之江さんの方を見る。

「何か？」

住之江さんは穏(おだ)やかな笑(え)みを浮かべていた。

……気のせいか？

歯軋(はぎし)りのような音が聞こえた気がしたが……結局その正体は分からなかった。

「そろそろ本題に入りましょうか。……確か、お二人とも困っていることがあるとか」

住之江さんがパソコンを開いて言う。

その発言に、北が頷いてパソコンを操作した。

「先に僕の相談を聞いてもらってもいいかな？　課題自体は分かりやすいから、話もすぐに済むと思う」

俺が頷くと、北はパソコンの画面を俺たちに見せて説明を始めた。

「僕の会社では今、ＩｏＴを用いたサービスを開発しているんだ。ただ、親和性テストに協力してくれる企業がなかなか見つからなくて困っていて……」

「ＩｏＴと言うと、デバイスが必要になりますね。親和性テストとはつまり、そのデバイスを用意し、開発中のシステムと互換性があるか確認する作業ですか？」

「そう。湿度センサや加速度センサが欲しいんだけど、伝手がなくて困っていたんだ」

ＩｏＴとはインターネットと繋がった機器を指す単語で、現在進行系で世の中を改善している先端技術の一つだ。扉が開けっ放しになるとスマートフォンに通知が届く冷蔵庫とか、ああいう常時ネットと繋がっている家電が代表的である。

北の課題は、以前琢磨さんの資料を整理していた時に見たケースと近い。要するに、新しいサービスを開発するためにも多様なデバイスが欲しいわけだが、それを提供してくれる会社が見つからないということだ。

住之江さんは、顎に指を添えて考えた後、口を開く。

「紹介できるメーカーが幾つかあります」

「本当に!?」

「ええ。ＩｏＴは今やメジャーな分野ですからね。私の実家でも最近、製造業向けのＩｏＴサービスを開始しましたし」

北は「助かるよ……」と感激していた。だいぶ苦労していたらしい。

「俺の方は、資金調達の伝手を探していまして……」

住之江さんに、ざっくりと状況を説明する。

「……新しいサービスを始めるためにも、資金が必要ということですね。ＶＣの紹介はできますが、そのためにも事業の詳細を聞いてもいいでしょうか？」

「はい。一応、資料も送ります」

俺は自分の会社の資料を、住之江さんに送信する。

「……なるほど。ギフト専門の通販サイトですか」

コーヒーを一杯飲んでいる間に、住之江さんは俺の資料を読み終えた。

「新しく始めたいサービスについても訊いてもいいですか？」

「はい。カタログを作ろうと思っています」

「カタログ……ですか」

目を丸くする住之江さんに対し、俺は頷いた。

元々、ギフト業界の主流はカタログギフトである。現状、トモナリギフトのサービスはネット上で全て完結しているが、ネットに疎い高年齢層や、カタログギフトで事足りている人たちを顧客にするには、まずこちらが彼らの立場に歩み寄るべきだと判断した。

「友成さんの方は？」

「カタログギフトを使っている人たちも、うちの顧客にしたいと思っています。そのためにも多少コストはかかりますが、敢えて紙媒体のカタログを作りたくて――」

「そこで資金が必要になるわけですね。新しい事業になるわけですから、状況に応じて即戦力となる従業員も雇う必要がありそうです」

　流石、話が早い。

　北が住之江さんのことを「レベルが違う」と表現していたことにも納得できる。実家の会社の規模が大きいこともそうだが、住之江さん自身も雛子や天王寺さんに並ぶほど頭がよく、経営に精通しているようだった。

「分かりました。それではＩＴ関係に強いＶＣを紹介します。今のトモナリギフトの経営状態なら出資してくれるはずです」

「助かります」

　こちらの経営状態も確認した上で判断してくれたらしい。

　これで俺も次のステップへ進めそうだ。

「ちなみに、住之江さんの方からは何か相談とか……」

「私の問題は今、解決しました。同じ業界の人たちが、どういう事業をしているのか知りたかったので」

紅茶を飲んで住之江さんは答える。……それならまあ、住之江さんにとっても有意義な集まりにすることができたのではないだろうか。

ふと、俺は疑問を口にした。

「住之江さんがゲーム内で経営している会社は、実家と同じSISなんですか?」

「ええ。……何故ですか?」

「いえ、跡継ぎではないと言っていたので、異なる選択をしたのかなと」

「なるほど」

住之江さんが納得する。

「実を言うと当初はその予定でした。……ゲームが始まる前、天王寺グループの子会社を任せてもらえないか相談してみたんです。その方がきっと将来に役立つと思って。ですがそれは天王寺さんに止められてしまいました。折角、大企業を経営できる立場なのだからそれを捨てるのは勿体ないと」

「……天王寺さんは、住之江さんには自由にしてほしかったんですね」

「そうだと思います。せめて、天王寺さんと同盟を組ませていただけたらと思っていたのですが……そちらも保留ということになりました」

そういえば以前のお茶会で天王寺さんは言っていた。住之江さんとの同盟は保留にしていると。……あれは住之江さんを束縛したくないからだったのか。

その時、テーブルに置かれていた住之江さんのスマートフォンが震える。

「すみません。迎えが来たようなので……」

「じゃあ、今日はこれで解散にしようか。なんだか住之江さんにばかり相談することになっちゃったけど」

「いえ、私も楽しかったです」

住之江さんがパソコンを鞄に仕舞った。

「住之江さん、今日はありがとうございました」

「こちらこそありがとうございました」

住之江さんがカフェの外に出る。

北もパソコンを鞄に入れ、帰る準備をした。

「友成君は帰らないの？」

「俺はもう少しのんびりしています」

静音さんには、事前に迎えに来てほしい時間を伝えていたが、思ったよりも早く勉強会が終わったので三十分程度の暇ができてしまった。

連絡すれば今から迎えに来てくれそうだが、たかが三十分だし、このままカフェでゲームをしていればあっという間に過ぎるだろう。

北とも別れ、俺はパソコンと向き合う。

資金調達の目処は立った。あとはこの資金を頼りに新機能を追加し、更なる収益を手に入れる。必要に応じて社員を増やすこともあるかもしれない。

(住之江さん……天王寺さんのことを本当に尊敬しているんだな)

キーボードを叩きながら、住之江さんの話を思い出した。

無気力だった住之江さんに、天王寺さんが転機を与えたという話……天王寺さんなら如何にもやりそうだ。そんな出来事があれば誰だって天王寺さんを尊敬するだろう。

……なんだか、嬉しいな。

俺も天王寺さんは凄い人だと思っている。その事実を自分以外にも知っている人がいると分かって、嬉しく感じた。

住之江さんとは気が合うかもしれない。

凝り固まった身体を解すために、一度立ち上がって背筋を伸ばす。

「……ん？」

住之江さんが座っていた椅子の下に何かがあった。

回り込んで拾ってみる。

それは、上品な革の手帳だった。

（……住之江さんの物か）

手帳の裏面に筆記体で住之江さんの名前が書かれている。鞄からパソコンを出した際にでも落としてしまったのだろう。

すぐに気づいてよかった。多分、今なら追いかければ間に合う。

急いで校門の方へ向かい、住之江さんの姿を捜した。

迎えが来たと言っていたので、恐らく車に乗るのだろう。道路の辺りで捜すと、住之江さんの姿を発見する。

「住之江さん」

「……あら、友成さん？」

まだ迎えの車は到着していなかったようだ。

不思議そうに振り返る住之江さんに、俺は拾った手帳を見せる。

「これ、忘れ物で――――」

「――っ⁉」

その瞬間、住之江さんの顔は真っ赤に染まった。

「そ、それを返しなさいっ‼」

「えっ⁉」

住之江さんは鬼の形相で俺から手帳を奪い取ろうとした。

「ちょ、危な――っ⁉」

殴りかかってきそうな勢いだったので、反射的に避ける。

住之江さんは俺が持っている手帳を弾き飛ばした。

同時に、足元の段差に躓き――。

「ぎゃっ⁉」

住之江さんは派手に転んだ。

「だ、大丈夫ですか……？」

ビターン！って音がしたが……。

痛みに震える住之江さんを心配する。

足元には、住之江さんが奪おうとしていた手帳があった。

手帳は開かれ、その中身が見えている。

そこには……天王寺さんの写真がびっしりと貼られていた。

――なんだこれ。

意味が分からず、無意識に手帳のページを捲る。

次のページも、そのまた次のページも天王寺さんの写真でいっぱいだった。クラスメイトと談笑している天王寺さん、水を飲んでいる天王寺さん、読書している天王寺さん、物憂げに窓から外を見ている天王寺さん……。

唖然としていると、住之江さんが手帳を拾う。

「――見ましたね？」

住之江さんは、吹雪の如き冷たい声音で訊いた。

「……すみません」

勝手に中身を読んでしまったので、一先ず謝罪する。

半分は不可抗力だが……。

「あの……住之江さんは、天王寺さんのことを……？」

「好きですが、何か」

住之江さんは開き直った様子で言った。

「愛していますが、何か」

言葉がグレードアップした。

「愛するに決まっているでしょう。あれほど高貴なお方を前にして、愛が芽生えないなんて有り得ません。そんなのは人じゃありません」

言い過ぎである。

ここまできたらもう隠すものなんてないのだろう。住之江さんは開き直った様子で、天王寺さんへの愛を語り出した。

「天王寺様は私の人生を救ってくださった女神のようなお人です。品行方正にして絢爛豪華。誰よりも直向きで、誰よりも純粋で、厳しさと優しさを兼ね備えていて……あの宝石のように美しい瞳も、後光のように輝く髪も、天が授けたものに違いありません。……ああ、愛しの天王寺様。私は貴女のおかげで生きる理由が見つかりました。このご恩、一体どうやってお返しすればいいのか……矮小な私ではとても思いつきません」

天王寺さんの髪は染めているだけなんだが……。

まるで敬虔な信徒のように、住之江さんは両手を重ねて天に祈る。

勉強会の時は……いや、俺たちの前ではずっと演技していたようだ。天王寺さんのこともいつの間にか天王寺様と呼んでいるし。

……尊敬どころじゃなかった。

住之江さんは天王寺さんのことを尊敬していると思っていた。しかし蓋を開けば、それ以上のとてつもない感情が潜んでいた。

ヤバい事実を知ってしまったかもしれない。

学院のスクールカースト上位に君臨するお嬢様の正体が、まさかこんなに色々と残念で腹黒だったとは。表向きの清楚な振る舞いとギャップがありすぎて怖い。

……一瞬「雛子よりはマシか」と思って納得しそうになった。

俺もだいぶ毒されている。

まあ俺自身も身分を偽っているわけだし、人のことは言えないか……いや、これは言ってもいいだろ。

「……その写真は、隠し撮りでは？」

「バレなければいいのです」

そんなわけないだろ。

住之江さんは唐突に、手帳に貼っている天王寺さんの写真に頭を下げた。

「天王寺様、うっかり落としてしまい申し訳ございません……このような汚らわしい男子に触られて天王寺様もさぞ嫌だったでしょう……」

拾ってきたのは俺なんだけど……。

どちらかと言えば俺は恩人なのではないだろうか。

「あの、天王寺さんは住之江さんの気持ちを知っているんですか？」

「知るわけがないでしょう。知られたら死にます」

住之江さんが死ぬかどうかは置いといて、その答えは予想していた。……天王寺さんの器がどれだけ大きかったとしても、流石にこの重さの愛は気後れするだろう。お茶会の時は普通に会話していたし、天王寺さんは住之江さんの正体を知らないようだ。

「……でも、分かりますよ。天王寺さんには人を惹きつける魅力がありますよね」

あんまり刺激すると恐ろしい気がしたので、俺は住之江さんの味方アピールをすることで事なきを得ようとした。

しかし何故か、住之江さんは眉を吊り上げ、

「それは喧嘩を売っていると解釈してもよろしいですか？」

「え、なんで⁉」

「失礼しました。てっきり『俺の方が天王寺様に詳しいぜ』と言っているのかと」

「言いませんよ……」

住之江さんにそれを言ったら殺されそうだ。

俺も天王寺さんのことは尊敬しているので、普通に本心からの言葉だったが……数分前までは「住之江さんとは気が合うかも」と思っていたのに、どうしてこうなった。

「……どのみち、私は貴方のことを認めません」

住之江さんは真っ直ぐ俺を睨んで言った。

「この際ですから、はっきり言っておきましょう。私は貴方が嫌いです」

「……それは、俺が天王寺さんの近くにいるからですか？」

「そのような低俗な嫉妬と一緒にしないでください。まあそれも理由の一つですが」

当たっているじゃないか……。

「天王寺様は、変わられました。昔はもっと…………だったのに……」

げんなりしている俺を他所に、住之江さんが呟く。

後半、住之江さんが何と言ったのか聞き取れなかった。住之江さんも独り言のつもりで俺に言っているわけではなかったのだろう。

首を傾げていると、すぐ傍に車が停まった。

車から使用人が降りて住之江さんに会釈する。住之江さんの迎えのようだ。

「とにかく、今日見たことは他言無用です。いいですね？」

「はい」

こんなこと誰かに言ったところで信じてはくれない。

住之江さんは車に乗り、去って行った。

俺の口から、自分でもびっくりするくらい深い溜息が出た。

◆

午後九時。

屋敷の自室でパソコンと向き合っていた俺は、ゲームが終了したことで一息ついた。

「ふぅ……」

夕食後もすぐに自室へ戻り、ゲームを進めていたが、集中していたからか午後九時まであっという間だった。

（……住之江さんのことを考えていたせいで、今日は進捗が悪かったな）

屋敷に帰ってきてからも、俺の頭はしばらく混乱していた。住之江さんの正体はそれほど俺にとって衝撃的だった。

軽く両頬を叩き、気合を入れる。

……正直、時間が足りない。

ゲームの進行速度に、知識の習得が間に合わない。経営の勉強は勿論必要だし、それと並行して事業を大きくするための工夫も検討しなくてはならない。

九時以降は授業の予習・復習をするつもりだったが……マネジメント・ゲームは期間限定のイベントだ。今回はゲームの勉強を優先しよう。

（ゲームに時間を取られすぎているな。……少し没頭しすぎか？　でも、折角順調なんだし、この流れを止めたくない……）

琢磨さんに言ったのだ。此花グループの役員になりたいと。

天王寺さんに言ったのだ。俺も生徒会を目指すと。

この程度で弱音なんて吐いていられない。

今日は夜更かしを覚悟しよう。そう思った直後、部屋の扉がノックされた。

「伊月……今、大丈夫？」

「ん？　ああ」

扉が開いて雛子が部屋に入ってくる。

「雛子、どうした？」

一瞬だけドアの向こうにメイド服の裾が見えた。静音さんが雛子を俺の部屋まで案内したのだろう。相変わらず一人だと屋敷の中ですら迷うらしい。

「紅茶、淹れてきた」

雛子はその手で小さなワゴンを押していた。

ワゴンの上には、英国製のティーポットと二人分のカップが載せられている。

「淹れてきたって……雛子が淹れてくれたのか？」

「ん」

初めてのことだったので俺は驚いた。

雛子は俺と紅茶を交互に見て、飲んでほしそうにしている。

カップを持ち上げると、馴染みのあるハーブの香りがした。此花家が愛用している茶葉だ。ゆっくり縁に口をつけて飲むと、仄かな甘みが口内を満たす。

「ど、どう……？」

どこか緊張気味に雛子が訊いた。

「……ありがとう。凄く美味しい」

「よかった……静音に教えてもらって、頑張った」

本当は、静音さんが淹れてくれた紅茶と比べると少し水っぽかった。けれどそれを上回るほどの感動が俺にはあった。あの雛子が——屋敷に帰ってきたら基本ずっとぐうたらしている雛子が、俺のためにわざわざ紅茶を淹れてくれたのだ。

涙が出るほど嬉しくなったが、同時に疑問も湧く。

「……何か、気持ちの変化でもあったのか？」

「んぇっ!?　な、なんで……っ!?」

「いや、だって普段はこういうことしないだろ？」

そう言うと、雛子は恥ずかしそうに頬を赤らめて俯いた。

「これからは……こういうことも、しようと思って」

雛子はもじもじと、可愛らしく返事をした。

気持ちはとても嬉しいが……。

「でも、疲れるんじゃないか？　いつもはすぐ寝ているだろ？」

「……不思議と、あんまり疲れない」

雛子は落ち着いた口調で言う。

「……私、多分、変わった」

「変わった？」

「ん。……最近、力が湧いてくる」

雛子は自分の胸に手をやって告げる。

「伊月のために、何かするの……好き」

柔らかく微笑みながら、雛子は言う。

ぶわり、と雛子の背後で綺麗な花が咲き誇ったような気がした。

一瞬、心臓が止まったかと思った。その花のように優しい笑みから……微かに紅潮した頬と潤んだ瞳から、言葉以上の特別な想いが伝わったような気がして、俺の頭は真っ白に染まってしまう。

落ち着け、落ち着け、落ち着け――――。

高鳴った鼓動をなんとか落ち着かせようとする。

「……俺も、雛子のために何かをするのは好きだよ」

「……知ってる」

雛子は嬉しそうに頷いた。

……よかった。

なんとか平静を保てた。

最近の雛子は、過激で、落ち着いていなくて……偶にドキッとさせられる。

何があったのかは分からないが、俺の心臓にはあまりよくない。

勿論、嫌な気持ちは全くしないけれど。

「ふわぁ……」

雛子があくびをした。

「ちょっとだけ寝るか？　風呂の時間になったら起こすが……」

「んん……やだ、まだ起きてる……」

眠気を遠ざけるために身体を動かしたいのか、雛子は部屋を適当に歩いた。

雛子は俺のすぐ傍で立ち止まり、机の上を見る。

「……凄く、勉強してるね」

「ああ。ゲームが始まってから、自分に足りないものがどんどん見えてきたからな」

机の上にはかつてないほど大量の資料が置かれていた。どれもゲームを進めるために必要だと感じたもの――経営に関するものだ。最近は琢磨さんの宿題をこなすために株の勉強もしている。

「大変？」

雛子は、俺の顔を覗き込んで訊いた。

「まあな。でもやり甲斐があって楽しいぞ」

「……ならよかった」

雛子は安心したように、ふにゃりと笑った。

「放課後の勉強会は、どうだった？」

「悩み事が一つ解決した。……ごめんな、今日も一人で帰らせて」

「仕方ない……私はＩＴ業界ではないから」

今回はＩＴ業界の経営者のみを集めた勉強会という趣旨だったため、雛子は空気を読んで辞退した。

「勉強会には、誰がいたんだっけ……？」

「同じクラスの北と住之江さんだ」

ふーん、と雛子は相槌を打つ。

正直、住之江さんとのやり取りが衝撃的すぎて勉強会の記憶があまりない。メモを取っていたため問題ないが……。

「……雛子。住之江さんって、どんな人なんだ？」

俺以外の皆は住之江さんのことをどう思っているのだろうか。

そんな疑問をぶつけると、雛子は急にじっとりとした目で俺を睨んだ。

「なんで、そんなこと訊くの？」

「え、いや、なんでって言われても……」

どう答えればいいんだろう……。

あの人、ちゃんと本性を隠せているのか？　とは訊けないし……。

「……伊月の節操なし」

「いや、別にそういうわけじゃ……」

そんな手当たり次第に女性を口説いているみたいに言わないでほしい。

特に住之江さんに関しては、堂々と「嫌い」と言われたばかりだ。

「……住之江さんは、しっかりしてる人」

一応、質問には答えてくれるようだ。

雛子は考え込み、続ける。

「でも、ちょっと怖い」

「怖い？」

「ん……ギラギラしてる感じ」

自分でも上手く表現できないのだろう。

雛子は神妙な面持ちで告げた。

「教室で偶に話しかけてくれるけど……多分、私のこと、そんなに好きじゃないと思う」

俺の目にはそう見えなかったが、雛子も適当に言っているわけではないだろう。

もしかしたら、住之江さんはまだ俺に本性を隠しているのかもしれない。

あれ以上、隠すものがあるかは分からないが……。

三章　◆　チャレンジャー

住之江さんたちと勉強会をした日から、一週間が経った。

マネジメント・ゲームが始まって、そろそろ二週間となる。

現実では二週間でも、ゲーム内では一年だ。一年もあれば会社の調子も見えてくる。調子が悪い会社……つまり業績が伸びていない会社は、そろそろてこ入れを検討せねばならない。ゲーム内の動きを見ていると、そのてこ入れに必死になっている経営者がちらほらいることを確認できた。

他人事ではない。

何故なら俺もまた、てこ入れを検討せねばならない経営者の一人なのだから。

「今日は、お茶会だね」

「そうだな」

朝。学院へ向かう車の中で、俺は頷いた。

今日の放課後は久しぶりにお茶会同盟で集まることになっている。全員の進捗をざっと確認したいとのことだ。

(ちょっと、寝不足かもな……)

軽くあくびをする。

ここ数日、あまり寝ていない日々が続いていた。

会社の業績が思うように伸びていないのだ。通販サイトのユーザー数が横ばいになってしまい、広告などの宣伝もいまいち効果を発揮していないように思える。

てこ入れしたいが、どうてこ入れすればいいのか分からず、ずっと悩んでいた。

「伊月、寝不足?」

「……いや、そんなことないぞ」

心配させたくなくて、つい嘘をついてしまった。

「お嬢様は寝不足でしょう。昨晩も、寝る間も惜しんで紅茶を淹れていましたからね」

「し、静音……っ!」

「申し訳ございません、口が滑りました」

雛子が焦った声を出す。

あれ以来、雛子は偶に紅茶を出してくれるようになった。初めて紅茶を出してもらった日の翌日は、俺がお礼の意味も込めて雛子の部屋へ紅茶を持っていったのだが、その次の日は再び雛子が紅茶を淹れてくれた。以来、この応酬が繰り返されている。

……最近、雛子と静音さんも今まで以上に仲良くなったように見える。

仲良くなったというか……静音さんが、雛子のことを可愛がるようになったというか。

静音さんにその自覚はあるのだろうか？　……下手に指摘したら自重してしまいそうなので黙っておくことにした。雛子も本心から嫌がっているわけじゃなさそうだし、このままでいいと思う。

「雛子、寝不足なら寝てもいいんだぞ？」

「ん、む……寝ない……」

雛子は目をしょぼしょぼさせつつも、必死に眠気に抗っているようだった。

「前もそうだったけど、なんで急に我慢するようになったんだ？」

昨晩、紅茶を淹れてくれた時も雛子は眠そうにしていたが、我慢して起きていた。

雛子はもじもじとしながら答える。

「だって……伊月と、お話ししたいし……」

俺は思わず天を仰いだ。

なんだこの可愛い生き物。

頭がおかしくなってしまいそうだったので、眉間を揉みながら必死に耐えた。

「……話ならいつでもできるだろ？　他の人ならともかく、俺と雛子は同じ家に住んでいるんだし」

「……そう、かも」

どこか嬉しそうに雛子は納得した。

車が微かに揺れる。その揺れに身を任せるように、雛子は俺の肩にもたれ掛かり、

「……寝る」

静かに呟いて、雛子は目を閉じた。

ほんのりと甘い香りがして、肩から心地よい温かさが伝わってきた。やはり無理して起きていたのか、雛子はすぐに眠る。

……俺も眠たくなってきた。

お世話係として、雛子の傍にいる間はしっかり雛子を見守らねばならないと思っていたが、今日はいつも以上の眠気が襲ってきて瞼が勝手に下りてしまう。

「……静音さん。すみません、俺も少しだけ寝ます」

「分かりました。……珍しいですね、伊月さんがそんなに眠そうなのは」

そういえば、登下校の間に眠るのはこれが初めてか。

……徹夜が祟ったな。

睡眠時間を削りすぎたことを後悔しながら、俺は眠りについた。

◆

放課後。

いつものカフェにて、お茶会同盟のメンバーが一つのテーブルを囲んでいた。

「では早速、各々の状況を共有しましょうか」

天王寺さんがパソコンの画面を皆に見せながら言う。

「まずはわたくし、天王寺グループの決算を発表いたしますわ。全ての事業を説明すると長くなりすぎますので、主要な会社のみ共有いたします」

天王寺さんが決算資料のスライドを見せてくれる。

非鉄金属メーカーの売上高が前年比プラス13％ほど、電機メーカーの売上高は前年比マイナス２％ほど。各企業の業績は増えたり減ったりとバラバラだが、トータルでは増えているようだ。

しかし、派手な資料だな……。

資料には豪快なエフェクトが施されており、正直ちょっと読みにくかった。派手好きな天王寺さんらしい資料だが、ここまでくるとスーパーの「大特価！」みたいな雰囲気を彷彿とさせて俗っぽい。

天王寺さんを一瞥すると「ふふん」と胸に手をやり自慢げな様子だった。

水を差すのも申し訳ないし、指摘しないでおこう。

「此花グループの売上は、まず主要会社の此花商事が――」

次いで、雛子がパソコンの画面を皆に向けて説明する。

雛子は天王寺さんと同じくセグメントごとに売上を説明した。業績にばらつきのあった天王寺さんに対し、雛子は緩やかに様々な企業の売上を向上させている。

「わ、私の会社の連結売上高は、前年度と比べて、えっと――」

成香は緊張していたが、業績は伸びていた。

業績に後ろめたさは全くなく、単純に人前で発表することが苦手なだけだろう。

「俺の会社は――」

「アタシのジェーズホールディングスは――」

大正と旭さんも概ね好調。

最後に俺の番が回ってきた。

「トモナリギフトは、こんな感じです」

ゲーム内で作成された決算資料を表示して、皆に見せる。

「順調ですわね」

「いえ、一年間の数字だけ見れば順調かもしれないですが……」

ユーザー数などの折れ線グラフを画面に表示し、説明する。

「下半期から数字が横ばいになりました。……正直、頭打ち感が否めないというか、このままでは来年度の業績が不安です」

あくまで現状のやり方では頭打ちという考えであって、ギフト専門の通販というサービスのポテンシャルはまだ残っている気がする。

「カタログを作ったことで収益は上がったんだよな？」

「はい。成果が出るまでもっと時間がかかると思いましたが、予想より早く出ました。ただ、早熟なだけだったのか……落ち着くのも早かったです」

大正の質問に俺は所感を述べた。

カタログを作成したことで、狙い通りカタログギフトの市場から顧客は引っ張ってこられた。しかし誤算だったのは、そもそもカタログギフトの市場が思ったよりも小さかったことだ。顧客の母数が少なければ、引っ張ってこられる数も当然少なくなる。

「友成、マーケティング部門を作ったらどうだ？　多分まだないよな？」

「マーケティングですか……確かにまだないですね」

なるほど。市場の分析は今までは自分一人でやってきたが、そろそろ誰かに頼った方がいいかもしれない。専門家に頼っていれば今回の失敗も回避できただろう。

「部門までは作らなくても、マーケティング会社に依頼してみたらいいんじゃない？　アタシが実際に使っているマーケティング会社を紹介しよっか？」

旭さんも提案してくれる。

自社で部門を用意するのもいいが、まずはマーケティングの効果を知りたい。今回は旭さんの提案を採用しよう。

「是非、お願いします」

「うん。じゃあ早速連絡しちゃうね～」

旭さんがキーボードをカタカタと鳴らす。

マーケティング会社を持っている生徒に連絡してくれているようだ。

「友成君、頑張ってるよね。昨日もずっとゲームにログインしてたでしょ？」

「そうですけど、なんで知ってるんですか？」

「相手の会社情報を確認するページがあるでしょ？　あそこの左上に、プレイヤーのログイン状態が表示されるんだよ。知らなかった？」

「知りませんでした……」

最近は自分の会社のことで手一杯だったので、他人の会社を見る余裕がなかった。他の生徒からメッセージが来る時、いつもタイミングがいいなと思っていたがそういうことか。皆、相手がログインしているか確認してから送っていたのだ。

「そういや友成、今日はよくあくびしてたな。ゲームに夢中になって夜更かししたか？」

「いえ、そんなことは……」

「でも今日、授業中に当てられた時は答えられなかったよね～？」

「う……」

大正と旭さんのコンビネーションに、俺は返す言葉を失った。

そんな俺たちの会話を聞いていた天王寺さんは、目を丸くする。

「そうなんですの？」

「だ、大丈夫です。今日中にはしっかり復習するつもりですし」

「……」

天王寺さんが半目で睨んでくる。

気をつけなければ……ゲームのせいで授業の成績が落ちると本末転倒だ。

◆

午後八時半。

此花家の屋敷に戻った俺は、自室でパソコンと向き合っていた。

『それじゃあ、プランＢのご契約ということで』

取引している相手から、メッセージが届く。

『このプランなら、トモナリギフトの課題であるターゲットの選定もできるし、施策実行後も購買ログを集積してＰＤＣＡサイクルを効果的に回すことができる。今回、友成君が失敗したと感じている市場ボリュームの調査もできるから安心してね』

『ありがとうございます。助かりました』

『旭さんの紹介だし、ちょっとだけ割引しちゃうね』

相手は今日の放課後、旭さんが紹介してくれたマーケティング会社の社長だった。

一時間かけてこちらの状況をヒアリングした彼女は、その後すぐに最適なサービスを紹介してくれて、無事に契約を結ぶことになった。

マーケティングのサービスはゲームで使用すると、従業員たちの作業効率がぐんと高まる仕組みになっているそうだ。ただし適当にサービスを使えばいいわけではなく、ちゃんと会社の課題に適したサービスでないと効果が発揮されないらしい。

「マーケティングの効果が出るまで、このままか……」

マーケティングの基本はデータの分析だ。分析には時間がかかる。ＰＤＣＡサイクルという名の通り、何度も何度も繰り返して軌道修正して、初めて効果が発揮する。

「…………怖いな」

お手軽に成果を求めちゃいけないのは分かるが、結果がすぐに出ないのは恐ろしい。本当は間違っているんじゃないか？　時間と金をドブに捨てているんじゃないか？　そんな不安が心を蝕んでいく。

……もうちょっとだけゲームの勉強をするか。

時刻は午後九時を過ぎたばかり。ゲームにログインはできないが、調べたいことは山ほどある。九時を過ぎれば普通の授業の予習・復習をしようと思っていたが、ゲームに対する不安が大きすぎてこのままでは他の勉強もままならない。

あちらを立てればこちらが立たず。……なんだか蟻地獄に落とされたような気分だ。

寝不足で気持ちもネガティブになっている。左右の頬を軽く叩き、やる気を取り戻そうとした時、扉がノックされた。

「伊月さん。今、大丈夫ですか？」

静音さんの声が聞こえたので、俺は「はい」と返事をした。

「失礼します」

「……あれ、雛子は？」

「お嬢様は華厳様とゲームに関する打ち合わせ中です。私は連絡のために来ました」

連絡？　と首を傾げる俺に静音さんは続ける。

「次の日曜日ですが、私とお嬢様は会食の予定が入りましたので夜まで留守にします」

「分かりました。……俺は一緒には行けませんか？」

「今回は、此花グループの重役たちが一堂に会する特殊な場ですので……伊月さんには少し早いかと」

そんなものがあるのか……。

雛子は会食の空気感があまり好きではない。何か支えられたらと思い、できれば同行したかったが、今回は厳しいようだ。

「お気持ちだけは受け取っておきます。伊月さんもいつか参加するかもしれませんね」

「嬉しいような、恐ろしいような……」

グループの重役だけが集まる特殊な会食……もし俺がそんなところに交ざれば、借りてきた猫どころか狼に囲まれた羊みたいになってしまいそうだ。

「当日、伊月さんは好きにしていただいても構いませんが……可能なら、ゆっくり休養することをおすすめします」

「……そんなに疲れて見えますか？」

「隠したがっているようですがバレバレです。……伊達に毎日顔を合わせている仲ではありませんからね」

そう言って静音さんは部屋から出て行った。

（ゆっくり休養か……）

心配してくれたのはありがたい。

しかし今の俺に休む暇はない。

どうせ一人なら——思いっきり勉強しよう。

日曜日はゲームにログインできないが、それならそれで知識を仕入れることに集中すればいい。とにかく今の俺には経営について勉強する時間が必要だ。

「……ん？」

パソコンの隣に置いていたスマートフォンが振動する。

画面を見ると、ある人物からの着信だった。

「天王寺さん？」

『友成さん。今、平気ですの？』

「はい、大丈夫です」

何か用事でもあるのだろうか。

『唐突ですが、来週の日曜日は空いていますか？』

「空いていますが……」

『では、わたくしとお出かけしますわよ』

唐突なお誘いだった。

気持ちは嬉しい。しかし先程、日曜日は勉強に集中すると決めたばかりだ。

「すみません。最近はちょっと忙しいので、今回は遠慮――」

『――ゲームの作戦会議をしますわ』

俺の言葉を遮るように、天王寺さんは言う。

『生徒会を目指す同志として、有意義な話ができればと思うのですが……』

「……そういうことでしたら、参加します」

『よろしい。では、詳しい話はまた後ほど』

電話の向こうで、天王寺さんが上機嫌に笑ったのが分かった。

天王寺さんとは何度も一緒に勉強会をした仲だ。あの時、天王寺さんに支えられたおかげで、俺は貴皇学院の試験でいい点数を取ることができるようになった。

その天王寺さんが有意義な話をしたいと言うのだから、きっと今回も身になる勉強ができるに違いない。

『ちなみに、当日はパソコンを持ってこないようにいたしましょう』

「え、でもそれじゃあ作業できなくないですか？」

『どのみち、日曜日はゲーム自体がログインできませんし、それにパソコンを持って移動するのは少々疲れますわ』

「……分かりました」

天王寺さんの言うことには一理あるので、俺は納得した。

『あと、寝不足には注意してくださいまし』

「はい」

貴重な機会をもらうのだから、しっかり集中して臨めるコンディションに整えたい。

土曜日は早めに寝ないとな……。

◆

集合場所の駅前で数分ほど待っていると、黒い車が目の前に停まった。

まるで大物政治家を乗せているかのような仰々しい車に通行人たちが注目する。その中から現れた少女は、ある意味、彼らの期待を裏切らない容姿と風格を備えていた。

美しい金髪縦ロールを揺らしながら、天王寺さんが近づいてくる。

「お待たせしましたわ」

「いえ、俺も今来たところで……」

本当に今来たところだった。まだ集合時間まで十分あるし、しばらく待つつもりだったが、天王寺さんも同じことを考えていたのかもしれない。

しかしそんなことよりも、俺は天王寺さんの姿が気になっていた。

「どうしましたの？」

「その……綺麗な私服だなぁ、と」

「あら、更に口が上手くなりましたわね」

天王寺さんがくすりと微笑む。

以前、天王寺さんに「詐欺師」と言われた時のことを思い出した。

しかし内心……俺は面食らっていた。

今日の集まりは勉強会のようなものだと思っていたが、天王寺さんは勉強会にしては華やかな装いである。このまま遊園地に直行するような雰囲気だ。

「では、行きましょうか伊月さん」

天王寺さんが俺の呼び方を変えた。

その合図の意味を知る俺は――。

「ああ。今日はよろしく」

「ふふっ……やはりこの瞬間は幸せですわね」

口調を変えただけで、天王寺さんは嬉しそうに笑った。

……そんなことを言われると流石に照れる。

中堅企業の跡取り息子である友成伊月はしばらく休業。今日、天王寺さんと一緒にいる時の俺は、元苦学生で今は此花家のお世話係として働く本来の友成伊月だ。

「どこに向かうんだ？」

「ここですわ」

天王寺さんがスマートフォンの画面を見せてくる。

「……美術館？」

ここで勉強するということだろうか？

「先に、謝っておきますわ」

天王寺さんは真面目な面持ちで言う。

「作戦会議は嘘ですの」

「え」

「今日は、伊月さんに息抜きさせるためにお誘いしたのですわ」

俺は思わず額に手をやって、天王寺さんの言葉を脳内で噛み砕いた。

多分、天王寺さんはここ最近の俺が疲れていることを見抜いて、わざわざ遊びに誘ってくれたのだろう。

それは勿論、俺の身を案じてのことに違いない。

でも、今回ばかりは素直に受け取れなかった。

「……ごめん。気持ちはありがたいけど、今は本当に余裕がなくて」

今の俺にはやるべきことが多すぎる。頭の中は常にパンク寸前で、少しでも早く消化していかなければ心がどうにかなってしまいそうだった。

こんな状態の俺と遊んでも、天王寺さんも楽しくないだろう。

だから申し訳ないけれど、今日は帰った方がいいかもしれない。

「――まるで、昔の自分を見ているようですわね」

狼狽する俺の顔を見て、天王寺さんは言った。

「その追い詰められた顔…………昔、鏡で嫌というほど見ましたわ」

どこか悲しそうに呟いた天王寺さんは、決意を露わにした表情で見つめてきた。

「マネジメント・ゲームの期間中、日曜日だけはゲームにログインできないのはご存知ですわね？　その理由は何故か分かりますか？」

「それは……ゲーム以外の勉強もしなくちゃいけないからじゃないのか？」

「違いますわ」

天王寺さんは首を横に振る。

「ゲームで精神的に追い詰められた生徒が、冷静さを取り戻すためですわ」

口に出された回答は、予想外のものだった。

「経営者は巨大な責任を背負う立場です。それゆえに、従業員と比べて精神疾患を患いやすいのですわ。……実際、経営者は自殺率が高いんですのよ」

「……そうなのか」

「マネジメント・ゲームは、たかがゲームではありますが、成績に大きく関わってくる授業でもあります。そして貴皇学院に通う生徒は、親の期待を背負うがゆえに学院の成績に繊細な者が多い。……例年、ゲームの期間中に心を病んでしまう人がいるから、学院側は週に一度の休息日を設けたのです」

　そんな事情があるとは知らなかった。

　だが、天王寺さんの言う通りだ。貴皇学院に在籍する生徒たちは皆、親の期待や家柄を背負っている。マネジメント・ゲームがなくても毎日血反吐を吐くほど努力している生徒がいる。雛子や天王寺さんもその一人だ。

「経営者にとってメンタルケアは必須。それはゲームでも同じことですわ。……今日は観念して、わたくしの息抜きに付き合ってくださいまし」

　天王寺さんの言葉は、俺の胸に強く響いた。

　天王寺さんにそこまで心配をかけてしまったこと自体が、何より響いた。

（……そうか。俺は追い詰められていたのか）

　サインは幾つもあったと思う。

　雛子にも、旭さんにも、大正にも、静音さんにも寝不足や疲労感を心配された。これだけ周りに心配されている今の俺が正常なはずがない。

「……分かった」

　深く頷いて、天王寺さんを見る。

「根を詰めすぎている自覚はあったんだ。……今日は息抜きに徹するよ」

「よろしい。休むのも仕事のうちですわよ」

天王寺さんは満足げに頷いた。

「まったく……頑張り過ぎてはいけないとお伝えしたでしょう？」

そういえば、天王寺さんの経営法を調べている時にそんなことを言われた気がする。

思えば、天王寺さんはあの時点で俺のこういう性格に気づいていたのかもしれない。

「……そんなこと言ってくれたのは、天王寺さんくらいだな」

「マネジメント・ゲームは順調な人ほどのめり込みやすくなりますからね。……薄々予想していましたが、伊月さんにはワーカホリック予備軍の疑いがありますわ」

ぐうの音も出ない。

思えば俺は、貴皇学院に来るまでは生活費のためにバイトばかりしており、学院に来てからは勉強ばかりしてきた。

地元の元同級生たちと話して、その生き方を貫くと決めたが、無意識にその生き方に縛られていたのかもしれない。引き続き努力はしなくてはならないが、これだけ周りの人に心配をかけるのは本望ではない。

「では、改めて移動しますわよ！　まずは美術館に行きますわ！」

「ああ。でもさっき見たら、ここから遠くなかったか？」

「ええ。ですから車を使いますわ」

そう言って天王寺さんは隣を見る。

天王寺さんをここまで送った車が、まだそこに停車していた。運転手と思しき黒いスーツを着た男性と目が合うと、深々とお辞儀される。

「前回は伊月さんに、庶民風の遊びをエスコートしていただきましたからね。今回はわたくしが、上流階級風の遊びをエスコートしてみせますわ！」

いつもより元気そうな天王寺さんと共に車へ向かう。

俺が塞ぎ込んでいたせいで、今まで暗い顔つきにさせてしまったことを心の中で謝罪した。……同時に、やっぱり天王寺さんは明るい表情の方が似合うな、と思った。

◆

二時間かけてじっくり美術館を練り歩いた俺たちは、余韻に浸りながら外に出た。

「どうでしたか？」

天王寺さんが尋ねてくる。

「美術館に来たのは初めてだけど……楽しかったな」

「ふふっ、そうでしょう」

天王寺さんは嬉しそうに微笑んだ。

「目でもなく、耳でもなく……心で楽しむ娯楽、それが芸術というものですわ。わたくしはこの刺激を、他では得られない貴重なものだと思っていますの」

だから俺に共有してくれたらしい。

確かに芸術鑑賞には他にはない魅力があると思った。スポーツ、映像、漫画、ゲーム……これらとはまた違う、心を使った娯楽というのは形容し難い面白さがある。

「よく美術館に行くのか？」

「月に一度か二度くらいですわね。気になっている絵が展示される度に行きますわ」

それなりの頻度だ。

美術館はほとんど天王寺さんに案内してもらった。道順を覚えていたから、きっとこの美術館にも何度も足を運んでいるのだろう。

「伊月さんは、気になった絵はありましたか？」

「そうだな……月並みかもしれないけど、睡蓮は引き込まれる魅力があったな」

「クロード・モネの代表作ですわね」

睡蓮という作品の周りには人集りができていたし、美術館でも目玉の展示作品として紹介されていたのできっと有名な絵なのだろう。水面に浮かぶ花を描いたその絵画は、遠くから見れば深い青色が目立ちどんよりした雰囲気に感じたが、間近で観察すると柔らかく表現された光の存在に気づき、しばらく棒立ちになって眺めていた。

「実はあの睡蓮は連作の一部で、違う種類の絵もあるんですのよ？」

「え、そうなのか？」

「今度、他の睡蓮も展示されるイベントがありますから、またお誘いしますわ」

それは楽しみだ。

歩き始めると、足の裏が微かに痺れた。

大きな美術館だったから、歩き疲れたみたいだ。スマートフォンで時間を確認する。午後三時……夕食までまだ時間はある。

「少し休憩するか？」

「そうですわね。では、喫茶店に行きましょう」

天王寺さんは流れるように提案した。

「ちなみに、もう店は決まっておりますわ。ここから少し歩いたところにありますの」

「……流石、完璧なエスコートだな」

「淑女の嗜みでしてよ」

天王寺さんが得意げな顔で言う。

天王寺さんの場合、淑女の嗜みという一言で何でも身に付けてしまいそうだ。淑女と関係するのかどうかは分からないが、どのみち凄い人であることには違いない。

「いらっしゃいませ、天王寺様、友成様」

案内された喫茶店に入ると、燕尾服を着た店員の男性に深々と頭を下げられた。

慣れた様子の天王寺さんについて行き、店内の席に座る。

ヨーロッパの宮殿を彷彿とさせる豪奢な内装だった。床は大理石で、壁には絵画が飾られており、テーブルには高級そうな茶器が置かれている。店の奥にはステージのような場所があり、そこにはグランドピアノが鎮座していた。白い天井には金色の照明が吊るされており、どこを見ても上品な風景が楽しめる。

「ここは天王寺家御用達の会員制のカフェですの。わたくしも週に一度のペースで通っていますわ」

慣れた様子だと思っていたが、こちらの店もよく利用しているらしい。先程、名乗っていないのに店員から名前を呼ばれたから驚いたが、店員は天王寺さんのことを既に知っており、今日はその付き添いに俺が来ることを事前に聞いていたのだろう。

「凄く上品な店だな」

「硬くならなくても結構ですわよ……と、言うつもりでしたが」

対面に座った天王寺さんが、真っ直ぐ俺の顔を見て言う。

「思ったよりも落ち着いていますわね」

「まあ、その……普段住んでいる場所が場所だからな」

此花家の屋敷に住んでいると、ただ生きているだけで十万円以上する家具とか百万円以上する絵画とかを目にする。

耐性がつくのは当然だ。

「伊月さんは此花家の別邸に住んでいるんですのよね？」

「ああ。本邸ではないな」

「本邸はもっと広いですわよ。大昔に社交界のパーティーで訪れたことがありますが、あれはわたくしも感動しましたわね。……悔しい思い出ですが」

当時の天王寺さんは雛子のことをライバルと思っていなかったから、きっと素直に感動したんだろう。……まあ今もその素直さは見え隠れしているわけだが。

そういえば俺は此花家の本邸を見たことがない。

華厳さんはよく別邸を利用しているが、琢磨さんはいつも本邸にいるようだ。……雛子と静音さんは今頃、此花グループの重役たちと会食しているはずだが、もしかするとその会場が本邸かもしれない。

「メニューをどうぞ」

店員がメニュー表を渡してくれた。

此花家の屋敷に住むようになってから、俺は上品な雰囲気に耐性ができた。とはいえあくまで雰囲気に耐性がついているだけなので――値段の書かれていないメニュー表を目の当たりにすると、思考が停止した。

「……値段は、いくらなんだ？」

「今日は気にしなくてもいいですわよ。わたくしの息抜きに付き合ってもらっているようなものですから」

どのみち、今日は勉強会だと思っていたので俺の手持ちは少なかった。

この場でこれ以上値段についてあれこれ言うのも無粋な気がするので、今回は天王寺さんの厚意に甘えることにしよう。

天王寺さんと同じ紅茶を注文すると、すぐにテーブルに届いた。

音を立てずにカップを口元に持っていき、静かに飲む。

「……美味しい」

優しい甘さのミルクティーだった。

微かな渋みが程よいアクセントとなっており、後味もスッキリしている。

「この時期の紅茶は濃厚で美味しいですわね」

「時期によって味が変わるのか？」

「ええ。良質な茶が採れる期間をクオリティーシーズンといって、その中でもオータムナル……秋頃の紅茶は、芳醇かつ濃厚でミルクティーに合いやすいんですの」

「へぇ……貴皇学院に来てから紅茶を飲む機会が増えたけど、全然知らなかったな」

「紅茶に関してはわたくしの趣味ですから、わたくしが特別詳しいだけですわ」

一般教養じゃなくてよかった……。

俺も貴皇学院に通ってから紅茶の種類や茶器のブランドを覚えつつあるが、未だにクラスメイトと話していると「そこまで知らないといけないのか⁉」と衝撃を受けることがある。上流階級の文化は奥が深い。

天王寺さんと共に優雅な一時を過ごしていると、綺麗なドレスを着た女性が店の奥にあるステージに立ち、店内の客にお辞儀した。

女性はグランドピアノの前に座り、穏やかに演奏を始める。

繊細な曲だった。美術館で幾つもの芸術に触れたあとだからか、奏でられた優しい音が自然と胸の中に入ってくる。

「亡き王女のためのパヴァーヌ……パヴァーヌとは、十六世紀のヨーロッパで普及していた踊りですわ」

天王寺さんの解説も噛み締めて、紅茶と演奏を楽しむ。

ピアノには詳しくないが、複雑で連続した音が混ざり合うことなく粒のように奏でられていて、とても聞きやすかった。きっとあのピアニストは有名な人なのだろう。

やがて演奏が終わり、客は拍手する。立ち上がったピアニストは改めて頭を下げた。

最後にピアニストが天王寺さんの方を見て会釈した。天王寺さんも笑って返す。

御用達と言っていたし、きっと知り合いなのだろう。

「知り合いなら話してきてもいいんだぞ？」

「今のわたくしは客であり、今の彼女は演奏家です。この素晴らしい関係を崩すような無粋な真似はいたしませんわ」

天王寺さんは静かに紅茶を飲んで言った。

知人である以前に、演奏家と客。……天王寺さんは今、知人の音楽ではなくプロの演奏家の音楽を楽しんでいるのだろう。それは最上級の尊敬の表れだと思った。

……これが一流のお嬢様か。

雛子が完璧なお嬢様なら、天王寺さんは一流のお嬢様と呼ぶのが相応しい。言動が優雅なだけでなく、人としての在り方が……本人の生き方が気品に満ちている。

「天王寺さんって、意外と多趣味なんだな」

「意外と、は余計ですわよ」

口が滑った。

しかし天王寺さんも本気で怒っているわけではなく、その顔は笑っている。

「でも、今日お付き合いいただいた趣味のほとんどは最近できたものですわ」

「そうなのか？」

「ええ」

天王寺さんは優しい目つきでこちらを見た。

「──貴方のおかげですわ」

天王寺さんは上機嫌に続ける。

「以前までわたくしは、天王寺家に相応しい令嬢になるべく必死な毎日を過ごしていました。表には出さないよう注意していましたが、当時は心身ともに追い詰められ、よく家族に心配されましたわ」

その頃の天王寺さんを俺は知っている。

縁談の話が出て、従うしかないと勘違いしていた頃の天王寺さんだ。あの時の天王寺さんは、確かに追い詰められていた。

「そんなわたくしの世界を広げてくれたのが、伊月さんです。貴方のおかげでわたくしは両親の想いと向き合うことができて、ゆとりある日々を得ることができました。……その結果、こうして色んな趣味と出会うことができたのですわ」

天王寺さんは元々、親の期待に対して過剰に応えようとしていた。いや、自分の中で親の期待を勝手に作り上げ、それに応えることこそが自分の使命なのだと誤解していた。その束縛から解放された結果が、今の天王寺さんなのだろう。

今までと同じように努力家で……けれどもう視野狭窄に陥ることはなく、周りから向けられた感情をちゃんと受け止めて生きている。

重たいものを背負っていると勘違いしていたが、その実、天王寺さんは最初から身軽だった。今はその身軽さで色んなことを経験しているらしい。

「伊月さん、改めて感謝いたしますわ。貴方のおかげでわたくしの人生は、大きく広がりました」

天王寺さんが静かに頭を下げた。

「そんなに、大したことはしてないと思うけどな」

「わたくしにとってはこの上なく大事なことですわ」

そこまで言ってくれるなら、俺も頑張って説得した甲斐があった。

「――とにかく、伊月さんに伝えたいのは、わたくしは貴方のおかげで身の振り方を改められたということです」

天王寺さんが紅茶を飲む。

そしてそのカップを少しだけ力強く置いた。

「だ、と、い、う、の、に――――っ！　今度は貴方が、昔のわたくしのように思い詰めていらっしゃるんですから！　流石に何か言いたくなりますわよ！」

「申し訳ない……」

紅茶を飲んだあたりから嫌な予感がしたが、やっぱりそこに話が繋がるのか……。

「ここ最近の伊月さんは、昔のわたくしのようでした。……だから決めたのです。今度はわたくしが手を差し伸べねばならないと」

「……そういうことか」

「昔のわたくしなら、追い詰められている伊月さんを見て『その調子で頑張りなさい』と言ったかもしれませんわね」

それは……どうだろう。

昔と今で天王寺さんが変わったことは確かだが、きっと昔の天王寺さんも今の俺を見たら休むよう言うんじゃないだろうか。

天王寺さんは自分の変化を自覚しているから、昔の自分をやや卑下しているが……俺にとって天王寺さんは、最初に顔を合わせた時から優しかった。

雛子が落とした財布を捜しているところ、天王寺さんに呼び止められて姿勢を正すよう言われた時のことは今でも鮮明に覚えている。……あの時の天王寺さんはとてもかっこよくて、優しかった。右も左も分からない俺に「こんなふうになりたい」と思わせてくれた人だった。天王寺さんは俺に手を差し伸べられたと言っているが、本当に最初に手を差し伸べてくれたのは天王寺さんの方だ。

「……俺も、天王寺さんのおかげで変わることができた」

考えていたことを、思わず口に出した。

「自信を持つこと。はっきり喋ること。姿勢を正すこと。努力すること。……全部、天王寺さんに教えてもらったことだ。こちらこそありがとう」

その大切さを教えてくれたのは、間違いなく天王寺さんである。

胸を張って、真っ直ぐ天王寺さんの方を見つめた。

上品な空間で、粗相をしてはならない雰囲気の中で、俺は天王寺グループのご令嬢と二人きりで話している。昔の俺なら萎縮していただろう。でも今の俺は、自分でもびっくりするほど堂々と振る舞えるようになった。

そんな俺を見て、天王寺さんは何故かしばらく放心した。

天王寺さんの頬がじんわりと赤く染まる。

「そっ……それなら、よかったですわっ」

なんだかむず痒い空気になってしまった。

顔が熱い。多分、俺の顔も真っ赤に染まっているのだろう。

「そ、そういえば住之江さんも、天王寺さんは変わったって言ってたな」

空気を変えるためにも、俺は思いついた他の話題を口にした。

「そうなんですの？」

「ああ。この前、勉強会をした時に色々話を聞いたんだ」

本性の件には触れない範囲で、住之江さんのことを話す。

「天王寺さんは昔、住之江さんのことを助けたんだよな？」

「助けたわけではありませんわ。わたくしはただ、住之江さんの才能を無駄にしたくなかっただけですの。彼女を助けたのは、彼女自身の努力ですわ」

天王寺さんとしては、住之江さんに実力があったからこそグループの会社にスカウトしたということにしたいらしい。

「住之江さんとはよく話すのか？」

「ええ。と言っても、二年生から別々のクラスになってしまいましたから、放課後に顔を合わせたらという程度ですわね」

「そうか。……住之江さん、天王寺さんのことを慕っていたし寂しいのかもな」

「あら、そんな様子でしたの？」

「まあ……」

寂しいかどうかは分からないが、天王寺さんへの愛は伝わってきた。

クラスが変わる前……日常的に天王寺さんと顔を合わせられた頃の住之江さんは、もしかしたら今よりマシだったのかもしれない。

「住之江さんがわたくしを慕ってくださるというのは、なんとなく感じていますわ」

天王寺さんも薄々住之江さんの気持ちに気づいているらしい。

まあ、流石に本性には気づいていないだろうが。

「ただ……彼女は以前までのわたくしを尊敬していましたから、今のわたくしを複雑に思うかもしれませんわね」

天王寺さんは複雑な面持ちでそう言って、喫茶店の壁にある時計を見た。

「さて、では次の目的地へ移動しましょうか」

「次もあるのか？」

「ええ。……ここ最近、お互いデスクワークが多くなっているでしょう？」

それは確かに。

「こんな時は──身体を動かすに限りますわ！」

微かな緊張と共に、俺は息を吐いた。

しばらく棒立ちになって待っていると、足音が近づいてくる。

「お待たせしましたわ」

そう言ってこちらに近づいてきた天王寺さんに、俺はつい見惚れてしまった。

「……凄く、似合ってます」

「敬語に戻ってますわよ」

シンプルな黒いスーツを着る俺に対し、青いドレスを纏った天王寺さんが笑う。

天王寺さんが手を差し出した。

「さあ……では、踊りましょうか」

ゆったりとした曲が流れる。

喫茶店を出た後、天王寺さんが案内してくれたのはダンスホールだった。

社交ダンスのために用意された施設らしく、広くて優雅で、格式高い雰囲気だ。フローリングは程よい滑り具合で、動くと心地いい足音が返ってくる。天井には柔らかい光を放つ華やかな照明が吊るされていた。

衣装のレンタルがあったため、俺たちはそれぞれフォーマルな格好に着替えている。最近は社交ダンスをする経験もなかったため、ダンス用の衣装を着たのは久しぶりだった。

俺たちが踊るのは、スローワルツ。

思えば、俺が天王寺さんから初めて教わったダンスも、このスローワルツだった。

「あら、意外と覚えてらっしゃいますね」

「そりゃあもう、厳しく鍛えられたから……」

「師の教えがよかったみたいですわね。今度、タンゴも教えてさしあげましょうか」

タンゴはワルツと違って情熱的かつ激しい踊りだ。

ちょっと興味はあるが、またの機会にさせてもらおう。

ホールドの姿勢を保ちながら、天王寺さんと一緒に身体を半回転させる。その動きは我ながらとても滑らかで、一切の抵抗を感じなかった。

社交ダンスでは時折、互いに息が合ったと思える瞬間がある。

この瞬間がとても気持ちいい。まるで俺と天王寺さんの間にある境界が霞んで消えたかのような……一方だけではなく双方が流れに身を任せているような、不思議な感覚だ。

「今となっては感慨深いですわね」

天王寺さんが微笑を浮かべて言う。

「初めて踊った時の伊月さんは、緊張であわあわしていましたのに」

「そんなに緊張していたか？」

「ええ、それはもう。わたくしと目を合わせるだけで硬くなっていましたもの」

そう言われると、そうだった気もする。

「わたくしも幼い頃は同じでしたわ。上手くやらなきゃという気持ちが強くて、つい緊張してしまって……」

「……いや、それはまた違うというか」

不思議そうにする天王寺さんに、俺は続けた。

「その……俺が緊張したのは、相手が天王寺さんだからで……」

「……」

そこから先の言葉は、恥ずかしいし申し訳ないので言わなかった。

ダンスとはいえ、身体は密着するし、顔も近づく……それを天王寺さんとするわけだから、緊張しないわけがなかった。

今でも多少慣れたが、本当のところはまだ緊張している。

まだまだ未熟で申し訳ないと思いつつ踊っていると、天王寺さんがステップの順序を間違え、体勢を崩しそうになる。

「天王寺さん？」

天王寺さんにしては珍しいミスだなと思い、その顔を見ると……。

「……緊張しているのは、貴方だけではありませんよ」

「え」

天王寺さんは微かに頬を赤らめて、そっぽを向いていた。

気まずい空気の中、俺たちは踊り続ける。

……どうしよう、急に手汗とか気になってきた。

それは天王寺さんも同じなのか、踊りながらお互いにそわそわと身体を動かす。

「そ、そういえば、伊月さんはどうして生徒会に入ろうと思ったんですの？」

天王寺さんが話題を変えた。

そういえば、その説明をしていなかったか。

しかしどう伝えればいいだろう。……天王寺さんは雛子に競争心を持っている。折角の楽しい雰囲気を壊したくないので、その部分だけぼかして説明しよう。

「実は将来、とある企業の役員になりたいと思っていて、そのための実績が欲しかったんだ。貴皇学院で生徒会の経験があれば、有利になるって聞いて……」

そう説明すると、天王寺さんの瞳が鋭くなった。

「此花グループですの？」

「えっ」

「わたくしの前で名前を出さなかったこと。貴皇学院の生徒会という難易度の高い実績が必要なこと。この二点が聞ければ容易に推測できますわ」

あっさり見抜かれてしまった。

何も言えず閉口してしまう。

「つまり、此花雛子のために生徒会を目指しているというわけですの？」

「いや、別にそれだけじゃ……」

天王寺さんが踊りを止める。

穏やかで美しい音色の曲が響いていた。それはどこか、寂しさや切なさも彷彿とさせるような音楽で……。

「貴方の目に、映るのは………」

天王寺さんが、俺の身体をぐいっと引き寄せる。

『貴方が見ているのは………此花雛子だけですの？』

互いの鼻先がちょっとだけ触れた。それでも天王寺さんは俺から目を逸らさない。

その瞳に映る俺の顔は動揺していた。答えに悩み、口を噤んでいる顔だ。

ふと……天王寺さんの瞳が揺れていることに気づく。

天王寺さんの瞳はいつも強くて、輝いているように見えた。でも今はそうじゃない。これだけ近くで見ているから分かる。その瞳は微かに不安で揺れていた。

おかしい。

天王寺さんはこんなにも真剣に俺のことを見てくれているのに……どうして俺は今、こんな困惑した表情を浮かべているのだろう？

「……違う」

口から出た息が、天王寺さんの髪を揺らした。

目を閉じて、もう一度開く。

大王寺さんの瞳に映る俺の顔は……もう迷っていなかった。

「さっきも言いかけたけど、それだけじゃない。俺は天王寺さんとか成香とか、普段関わっている皆と対等な関係になりたいんだ」

「対等な関係に……？」

俺は「ああ」と頷いた。

これは――夏休みの最後に決意したことでもある。

夏休みの最後、俺は今までの日常に帰ることができた。でも帰らなかった。

その理由の一つは――天王寺さんだ。

「貴皇学院に来て、色んな人たちと接するうちに、俺は学院にいる皆のような人間になりたいと思うようになった。……天王寺さんも、俺にそう思わせてくれた一人だ」

天王寺さんは、真剣に俺の話を聞いてくれる。

俺は皆のように、大きな責任を背負える人間になりたい。具体的には、此花グループの役員くらいにはなってみせたい。

そして――その先の野望も考えている。

「今はまだ、偽物の肩書きで学院に通っているけれど……いつか俺は、本当の身分で皆の隣に立ちたいんだ。……生徒会を目指すのは、そのための一歩だ」

それこそが、きっと真の意味で対等なのだと。

本当の意味で皆と並ぶことなのだと、俺は思っていた。

そんな俺の想いを聞いて、天王寺さんは小さく吐息を零し……、

「……貴方はつくづく、チャレンジャーですわね」

挑戦者か。……そう言われると、そうかもしれない。

ただの庶民がこんな野心を持っているのだから、挑戦者には違いないだろう。

「そんな貴方だからこそ、わたくしは………」

天王寺さんはどこか恍惚とした表情で俺を見た。

「……天王寺さん？」

「な、なんでもありませんわ！　……危うく、言ってしまうところでしたわ」

顔を真っ赤に染めた天王寺さんが、両手で口元を隠す。

次の曲が流れたので、俺たちは再び手を取り合って踊り出した。

ゆったりと、それぞれの気持ちを確かめるかのような、丁寧なワルツを踊る。

「一つだけ訊かせてください。……もしわたくしが、貴方に天王寺グループへ来て欲しいと言ったら、どうしますの？」

「それは……」

雛子には俺を雇ってもらった恩がある。それにお世話係として、これからも雛子の傍にいて負担を減らしてやりたい。雛子は日頃から孤独な戦いを強いられているのだ。そんな彼女の支えになりたいという気持ちは強い。

　でも天王寺さんにだって恩はあるし、天王寺さんが困っていたら助けたいと思う。天王寺さんから信頼と期待を注がれたら、なんとしても応えたいという気持ちが湧いてくる。

　働き方で選ぶか？　……給料では決められない。どちらも俺にとっては充分過ぎるくらい好待遇に違いないだろう。じゃあ業種で判断するか？　自分にとって向いている業種を選ぶとして……いや、不向きだったら卒業までに勉強してみせればいいだけの話だ。

　考えすぎて額から汗が垂れた。

　最終的に、俺が導いた結論は――――。

「……………りょ、両方というのは…………？」

「はぁぁぁぁ～～～～～っ」

　天王寺さんはかつてないほど深い溜息を吐いた。

「詐欺師、鈍感、唐変木」

「えっと……」

「わたくし、伊月さんのことを改めてよ――――く理解しましたわ。伊月さんは、この手の問題をいつまでも先延ばしにして、最後まで答えを出さないタイプですわね」

「……む」

　そこまで言われると、ちょっと仕返しがしたくなってきた。

……大体、天王寺さんの方はどうなんだ？　俺がここで決断して、それを受け入れる準備はあるんだろうか？

「まあ、わたくしは最初からそのつもりでしたし？　むしろこれならわたくしが一番有利ですわ。なにせわたくしは、待つよりも取りに行く方が性に合って――」

「――じゃあ天王寺さんのところに行く」

そう告げると、天王寺さんは目を見開いた。

「は、はぇ……っ⁉」

「俺は天王寺さんを選ぶ」

「ほにゃっ⁉　え、ちょ――っ⁉」

天王寺さんは変な声をあげて足を止めた。

その姿を見て、俺も満足する。

「冗談だ。……ほらみろ、天王寺さんだって心の準備ができてないじゃないか」

「ちょ、待っ、その……っ‼　た、多分、貴方とわたくしの間で、考えていることが違うと思うんですの！」

「考えていることって……将来のことだろ？」

「そうですけど！　そうなんですけどっ‼」

どっちの会社に就職するかの話じゃないのか……？

「俺も改めて天王寺さんのことを理解したぞ。……天王寺さんは押しに弱いんだな」

「な、な、な……っ⁉」

天王寺さんは口をパクパクと動かしながら、こちらを見た。

「あ、あまり調子に乗らないことです！　つ、次、あんなこと言ったら……」

「言ったら？」

天王寺さんは顔を真っ赤にして告げた。

「せ、責任……取らせますわよっ‼」

それはちょっと洒落にならなそうなので、俺は床に頭をこすりつけた。

◆

その後、俺たちは一時間ほどダンスを続け、最後にそれぞれシャワーで汗を流してから

ダンスホールを出た。

「ふぅ……今日はいい汗をかきましたわ」

「そうだな」

途中、変な汗もかいたが。

夕陽を浴びながらのんびり歩いていると、天王寺さんの方から小さな電子音がする。

「失礼」

天王寺さんはスマートフォンを取り出し、耳にあてた。

スマートフォンから話し相手の声が聞こえる。マネジメント・ゲームという単語が聞こえたので、多分、相手は同級生だろう。

天王寺さんは「後で掛け直す」と言って、通話を終えた。

「ゲームの話か？」

「ええ。でも本日は息抜きに徹すると決めましたから、後日対応しますわ」

そうは言っても……わざわざ電話してくるということは急用ではないだろうか。

「俺に気を遣っているなら、もう大丈夫だぞ。おかげでたっぷり息抜きできたからな」

元々、息抜きにこだわっていたのは俺が意固地だったせいだ。反省した今、無理に息抜きにこだわる必要はないと思う。

それに、俺と違って天王寺さんは完璧にメンタルケアができているように見える。なら俺と一緒に天王寺さんまで足を止める必要はないだろう。

天王寺さんはやりたいことをやってもいい。そんな俺の気持ちが伝わったのか、天王寺さんはくすりと笑って頷いた。

「分かりました。……では少し席を外しますわ」

天王寺さんは少し俺から離れて通話を始めた。

今度の通話は長かった。様子を見る限り、他愛ない雑談をしているわけではなく、頭を使う話をしており返答に時間がかかっている様子だ。

近くのベンチに座って待っていると、天王寺さんがこちらへ戻ってきた。

「お待たせしましたわ」

天王寺さんが隣に座る。

「お疲れ、何の話だったんだ？」

「業務提携に関する話ですわ。今、提携先の会社を吟味しているのですが、そのうちの一社から猛アピールされて対応していましたの」

「へぇ。まあ天王寺さんの会社なら、皆喜んで提携したがるよな」

「幸いそのようですわね」

前回はＭ＆Ａで、今回は業務提携ときた。天王寺さんは色んな会社との繋がりを利用して会社を経営している。

俺もいつか、他の会社と提携する必要があるかもしれない。

そう思うと天王寺さんの業務提携がどんなものなのか興味が湧いてきた。

「どんな候補があるんだ？」

「大体……こういう感じですわね」

天王寺さんがスマートフォンをこちらに渡してくれる。

画面には各企業の資料が表示されていた。全部で十社ほどだろうか。指で画面をスライドして各企業の特徴を見てみる。

「今のところ、二番目の会社が最有力候補ですわ」

その会社の資料を見る。

分かりやすい優良企業だった。会社の規模も大きいし、業種も近い。ここと提携すれば安定したリターンを得られるだろう。

（……ん？）

しかし俺は、他の会社の資料を読んで、少し気になることができた。

「……この会社とか、向いてるんじゃないか？」

「え？」

天王寺さんにスマートフォンを返す。

画面に表示されている資料を、天王寺さんは黙って読んだ。

「……そうでしょうか？　こちらの会社は予算との兼ね合いが厳しく、全体的にわたくしの会社とは規模感が合わないと思いますが」

「数字で見るとそうなんだけど、多分、天王寺さんと一番近いビジョンを持っているのはその会社な気がする」

そこまで言っておきながら、俺は自分で何故そう思ったのか上手く説明できないことに気づいた。

しかし天王寺さんは、真剣に考え込む。

「……ヒアリングしてみますわ」

そう言って天王寺さんはスマートフォンを持ち、また通話を始める。

話し始めて数分が経過した頃、天王寺さんは明るい表情で笑った。声色から話が弾んでいることが窺える。

しばらく待っていると、天王寺さんがこちらへ戻ってきた。

「どうだった？」

「凄く気が合いましたわ！」

天王寺さんは嬉しそうに言う。

「伊月さんの言う通りでした。この会社は、わたくしが持つビジョンの更にその先のビジヨンまで見据えていましたの。予算などの数字だけを見れば他の会社の方が適していますが、わたくしはこちらの会社を提携先に決めましたわ。同じビジョンを共有できるパートナーほど、得がたいものはありませんもの！」

　天王寺さんも本音を言うと、数字で提携先を選びたかったわけではなかったらしい。

　資料だけではどうしても見えるものが限られる。その中で、本当に探していたパートナーと巡り合えた天王寺さんは、とても上機嫌だった。

「……でも、どうして伊月さんは、こうなることが分かったんですの？」

　その質問に、俺は考えた。

　考えたけれど……やっぱり言語化はできなかった。

「なんとなく、資料を読んだらそう感じたというか……その会社が一番、天王寺さんと相性がよさそうな気がしたんだ」

　つまり、ただの直感である。

　こんなもので天王寺さんを振り回してしまったことは申し訳ないが、今回は結果オーライということで許してほしい。

　なんて考えていると、天王寺さんは真剣な表情でこちらを見つめた。

「伊月さん」

天王寺さんは、神妙な面持ちで告げる。

「貴方はもしかすると……わたくしが思った以上の大物になるかもしれませんわね」

◆

天王寺さんと一緒に息抜きをした日から、数日が経った頃。

此花家の屋敷にて、俺はトモナリギフトの状態を確認していた。

「……いい感じだな」

旭さんに紹介してもらったマーケティング会社の協力もあり、このままいけばトモナリギフトの業績は横ばいから脱出できそうだ。顧客情報の分析を行うことで、無駄のない効率的な経営が実現できつつある。

自社の状態を頭の中で整理していると、ビデオ通話のアプリが着信を報せた。

マイクの用意をして、通話に出る。

「琢磨さん、お疲れ様です」

『お疲れ。メール見たよ。無事に伸びているみたいだね』

「おかげさまです」

　これまでの経過は琢磨さんにメールで伝えていた。

　俺の会社が順調なのは間違いなく琢磨さんのおかげでもある。この人のアドバイスがなかったら俺はどこかで躓いていただろう。恩を感じているからこそ、俺はなるべく細かく自社の情報を琢磨さんに共有していた。

『この業績なら、事業の拡大に着手してもいいね』

　モニターの向こうで琢磨さんは言った。

『カタログギフトは新規事業寄りだったけど、次は既存の事業を拡大するべきだ。そのあたり伊月君は何か考えているかい？』

「はい。事業用のメニューを追加しようと思っています。今まではあくまで個人向けのサービスに終始していましたが、これからは法人も対象にしたいです」

『なるほど。……いいね。ベースは個人向けサービスと大差ないだろうからすぐにでも形にできるだろうし、堅実な作戦だと思うよ』

「ありがとうございます」

　新規事業と比べると派手さはないが、その分リスクも低い。堅実な作戦という評価には俺も納得した。

『とはいえ、そろそろ壁にぶつかりそうだね』

琢磨さんが不穏なことを言う。

『参入する市場を増やすという選択はそれなりのリスクを伴う。更に伊月君の会社はかなりの急成長を遂げているわけだし、この辺りで一波乱あってもおかしくない』

「えっと……」

この人には何が見えているのだろう。

適当なことを言っているわけではなさそうだが……。

『株の勉強は進んでいるかい？』

「はい。取り敢えず、メールで送った内容は勉強しました」

『まだ基本的なところだね。……今度ペーパーテストをしようか。満点以外を取ったら罰として飯抜きだ』

「……なんか罰が古典的じゃないですか？」

『君が嫌がることってそのぐらいしかないだろう？　僕の雑用とかやらせても喜んでやりそうだし』

まあ確かに、琢磨さんの雑用なら色々勉強になりそうだし、ウキウキでやってしまうかもしれない。

しかし残念ながら、俺は貧乏だった頃の経験で空腹に慣れている。流石の琢磨さんもそこまでは読めなかったようだ。

『株の勉強は引き続きやった方がいい。それが備えになるはずだ』

そう言って、琢磨さんはまた何か考え込む。

『ああ、でも伊月君には雛子がいるのか……』

「雛子がどうかしたんですか？」

『いや、うーん……なんでもない。君なら大丈夫だろう』

何かお茶を濁されたような気がする。

『じゃあ今回はこれで終わろう。宿題は引き続き株の勉強だ』

「ありがとうございました」

ビデオ通話を終了する。

（……やっぱり、いい刺激が貰えるな）

最近、琢磨さんと話すとゲームに対するモチベーションが高くなる。触発されているのだろう。俺はいつの間にか、琢磨さんを心の底から尊敬していたようだ。……無理もない。最初は得体が知れなくて、雛子たちに対する姿勢も相容れないと思っていたが、蓋を開ければそれらの要素が霞んで消えるほど凄い人だった。

それでも、俺にとって琢磨さんは乗り越えるべき壁なんだと思う。

（取り敢えず、この法人向けのサービスがどのくらいの利益をもたらしそうか、マーケティング会社に調べてもらうか）

旭さんの伝手を頼ってよかった。改めて市場分析してもらうことにする。

しかし、マネジメント・ゲームの期間は六週間で、もう少しでその半分が終わろうとしている。焦るつもりはないが、スケジュールには気をつけねばならない。

（分析結果が出るまで少し待たなくちゃいけないのか。……じゃあその間に授業の予習と復習をしておくかな）

一度パソコンを閉じて、気持ちを切り替える。

最近学院の授業についていけないことが多いので、今日は授業の予習と復習を多めに頑張ろうと決めていた。丁度いい。

落ち着いて、着実に頑張ればいいのだ。俺は天王寺さんからそれを教えてもらった。

あらかじめ決めておいた予習と復習のノルマを達成してから、俺はパソコンを開く。

「さて、結果は……？」

勉強している間に、ゲーム内では数日が経過していた。

市場分析の結果が出ていたので、それをざっと確認する。

「…………あれ？」

結果を確認した俺は首を傾げる。

思ったよりも――――利益の見込みが低い。

……どういうことだろうか？

自分のアイデアが百発百中だなんて思い上がっているつもりはないが、今回の法人向けサービスを作るという作戦は、あの琢磨さんも賛成してくれたのだ。俺ならともかく、琢磨さんがこの程度の判断を誤るとは思えない。

つまり……多分、琢磨さんはこの流れを想定した上で賛成してくれたのだろう。

まずは市場分析の詳細を確認する。

そこには、見込みが低い理由がはっきり書かれていた。

「……競合他社か」

早い話、既に他の会社が着手しているサービスだったのだ。

その会社の名前を見て、俺は驚く。

「この会社は……」

一筋縄ではいかない問題と直面した。

競合している会社の名前は……ＳＩＳ株式会社。

住之江さんの会社である。

◆

翌日。授業が終わり、放課後になったところで教室の外をふと見れば、ある人物がこちらに視線を注いでいた。

手招きされたので、俺は彼女のもとへ向かう。

「こんにちは、友成さん」

住之江さんは柔らかい笑みを浮かべた。

「少しお話ししませんか？」

「……はい。俺も丁度、住之江さんに話がありました」

だから今日は事前に、雛子と静音さんに帰りが遅くなることを伝えている。

俺たちは以前、北と一緒に勉強会をした例のカフェへ向かい、そこで話すことにした。

椅子に腰を下ろした後、お互いに飲み物を注文して一息つく。

「その様子ですと、気づいたみたいですね」

どう話を切り出せばいいのか悩んでいると、住之江さんが微笑んだ。

「私の会社は、法人向けの通販サービスを運営しています。主にオフィス用品を取り扱っていますが、一部サービスとしてギフトの販売もしていますね」

　住之江さんが説明すると、カフェの店員が二人分の紅茶を持ってきてくれた。

　店員は俺たちが真面目な話をしていることを察してか、静かに去って行く。

　カップを一つ受け取った住之江さんは、目を閉じて上品に紅茶を口に含んだ。

「現実のＳＩＳ株式会社は、そういうサービスを運営していませんよね？　つまりその通販サイトは、住之江さんがゲーム内で作ったものなんですか？」

「ええ。ゲームが始まると同時に、新規事業として通販部門を立ち上げました」

　やっぱりそうか……。

　気になって調べてみたが、現実のＳＩＳ株式会社に通販部門なんてものはなかった。予想通り通販部門は住之江さんが自分の意思で始めた事業らしい。

「ですから、驚きましたよ。まさか私と全く同じことをしている人がいるなんて」

　厳密には、全く同じというわけではない。

　俺は個人向けかつギフト専門の通販サービスを運営しており、ある意味そのニッチな切り口が評価されていた。対して住之江さんの事業は法人向けで、ギフトを専門に取り扱っているわけではない。住之江さんの通販が主に扱っているのは文房具の他にホワイトボードやファイルなどの事務用品、それとデスクや椅子といったオフィス家具だ。

しかし、その中には冠婚葬祭用品や式典用品も含まれる。

これが俺のやりたいことと被っていた。住之江さんの通販サイトは元々文房具を取り扱っているわけだから、たとえば何かの記念に万年筆を贈りたいという需要があっても、それを既存のサービスで充分満たすことができる。

住之江さんの通販サイトはギフト専門ではないが、結果としてギフト需要も満たしている。だから競合してしまった。

――とはいえ、そろそろ壁にぶつかりそうだね。

昨日、琢磨さんが言っていたことの意味を理解した。

壁の正体は競合他社……ライバルだ。

俺は、トモナリギフトという会社を更に大きくするためには、法人向けサービスに手を出すことがほぼ不可欠だと思っている。大人向けでスマートな雰囲気を大事にしているトモナリギフトの世界観と、法人向けサービスというのはとても相性がいい。

会社をより大きくするなら、避けては通れない壁だ。

どうする……？

出し抜くか、何らかの協定でも結んでおくか。

そもそも住之江さんはどうしたいのだろう？

「……住之江さんは、なんで通販部門を作ったんですか？」

「無論、天王寺様のためです」

相手の出方を探るべく、俺は当たり障りのない質問をしたが、返ってきたのは論理的な答えではなく個人的な感情だった。

「私は天王寺様の会社を支えるために、このサービスを作ったのです。天王寺グループはM＆Aや企業再編が盛んなので、オフィス用品が慢性的に不足しがちですから……それを私が愛の力で解決したいと思ったのです」

住之江さんは恍惚とした表情で語った。

動機はともかく、需要を見抜いているのは間違いない。

法人向けの通販サービスも始めようと思った際、俺はその市場をマーケティング会社だけでなく自分でも調べていた。……オフィス用品市場は俺も密かに注目していたのだ。この市場を使いこなせれば、個人向けでは手に入らなかった新たな顧客を呼び込める。

「友成さん、提案があります」

住之江さんは、真っ直ぐ俺を見つめて言った。

「――貴方の会社を、私にくれませんか？」

その言葉が告げられることを、俺は予想していた。

買収の提案だ。住之江さんは俺の会社を買いたいと言っている。

「私が手掛けるサービスと友成さんのサービスは、限りなく近い市場をターゲットとしています。もしここでお互いに事業拡大を図れば、顧客を食い合う関係になってしまうでしょう。どちらにとっても美味しくない展開です」

ただでさえニッチな市場。それを食い合えば、共倒れする可能性がある。

だから買収の提案をしているのだという住之江さんの説明は理解できる。

しかし……俺には不可解な点が一つあった。

「買収について答える前に、一ついいですか？」

住之江さんは微かに目を丸くして、頷いた。

「住之江さんの会社と競合していると気づいてから、ずっと疑問だったんですけど……なんで俺に通販部門のことを黙っていたんですか？」

俺が住之江さんと話したかったのは、この答えを知りたいからだった。

たとえば、北も含めた三人での勉強会……あのタイミングで言おうと思えば言えたはずだ。事業に関する話題も出たわけだし、意図的にはぐらかしていたのは間違いない。

何故、住之江さんは通販部門のことを黙っていたのか。

俺には予想がついている。

「もしかして……俺が会社を成長させるまで、待っていたんですか？」

そんな俺の問いに、住之江さんは紅茶を飲んでから答えた。

「はい。私がいずれやろうと思っていたことを友成さんがやってくれましたので、しばらく様子を見ようと決めていました。貴方が上手くいかなければ私はリスクを回避できたことになりますし、貴方が上手くいけば頃合いを見て買収しようと思ってたんです」

そして今、住之江さんは計画通り俺に買収の提案をしている。

早い話、住之江さんは俺を使って実験していたわけだ。ギフト専門の通販サイトはビジネスとして成立するか、どの規模まで成長できるか……上手くいきそうなら、後は俺のサービスを丸ごと買収して我が物にすればいい。

このやり方は全く悪くない。新規事業を開拓するためにM&Aを行うというのは、SIS株式会社のような資産に余裕のある会社にとってはむしろ正攻法の一つとも言える。

「いいサービスを作っていただきありがとうございます。ここから先は――私の会社に任せてください」

住之江さんは俺の目を見て言った。

とても頼り甲斐のあるような、自信に満ちた笑顔をしている。この人について行くのが正しいのだと、心のどこかで自分が呟いた。

俺は時折、貴皇学院の色んな人たちからそういう頼もしさを感じている。雛子や天王寺さん、成香たちからも同様のものを感じたことがあった。人の上に立つ器というか、人を導くに足る資質というか、そういうものが滲み出ているのだろう。

住之江さんも、その一人だ。

「――お断りします」

そう答えると、住之江さんは目を見開いて驚いた。

「……もしかしたら友成さんは知らないかもしれませんが、ベンチャー企業が大手企業に買収されるのは一つの成功パターンです。M&Aを提案されるということは、それだけ会社の価値を認められているわけですから。……買収という言葉から、マイナスの印象を受ける必要はありませんよ？」

「それは分かっています」

これでも勉強しているのだ、そのくらいは知っている。

俺は別に、自分の会社が自分のものでなくなってしまうのが嫌で断ったわけではない。

「お断りする理由は、俺たちの方向性が違うからです」

俺は順を追って説明した。

「トモナリギフトはギフト専門の通販サイト。その理念の一つに、煩雑さをなくすというものがあります。ギフトを贈りたいならこのサイトに頼ればいい……そういうシンプルな使い勝手を保ちたいんです」

こちらの説明を聞いて、住之江さんは小さく頷く。

「サービスの改悪を懸念しているのですね。しかし、私がトモナリギフトを買収した暁には、その形をほぼ変えることなく運営するつもりです。売上の相乗効果を狙うために、入り口を私のサービスにするだけで……」

「そこが駄目です」

俺は首を横に振った。

「オフィス用品を取り扱っているサービスの中に、ギフト専門のサービスがある。この構図の時点で煩雑なんです」

トモナリギフトの通販サイトは大人以上の年齢をターゲットにしており、カタログギフト市場の顧客を引き寄せたことで高年齢層の登録者も増えてきている。これはマーケティング会社の分析によって明らかになっている事実だ。

ただでさえ情報が氾濫しがちなこのネット社会において、煩雑でないというのはそれだけで一つの魅力となる。俺はその個性をなくしたくなかった。

「それに、俺たちのサービスはイメージがまるで違います。トモナリギフトの通販はスマートなイメージを大事にしていますが……住之江さんの通販は違いますよね？」

最初に琢磨さんから教わった、世界観の重要性について思い出す。

大人の付き合い、ちょっとした気遣い、気配り……それらのスマートさを売りにしている俺のサービスと、住之江さんの使い勝手重視のサービスでは世界観が違いすぎる。

住之江さんはギフト専門の通販サイトを作るつもりではない。あくまで自社のサイトの一部分であるギフト分野を強化するために、俺のサービスが欲しいだけだ。しかし世界観が統一されていない以上、一つ一つの世界観が薄れてしまう。

今なら分かる。世界観とはブランドだ。

人が会社に抱くイメージそのものである。……それはシンプルで、純粋で、力強くなくてはならない。

「俺は今のブランドを崩したくありません。だから買収の提案は呑めません」

「……なるほど」

住之江さんは小さく吐息を零す。それは溜息にも聞こえたし、自分の心を落ち着かせるための深呼吸にも見えた。

「分かりました。そこまで言うのであれば、ここは引き下がります」

そう言って住之江さんは立ち上がる。

「では……後悔なさいませんように」

最後に不穏な言葉を残して、住之江さんは俺のもとから去った。

◆

屋敷に帰った俺は、部屋でパソコンのモニターを見つめていた。

（買収を断った以上……茨の道に突入したのは間違いないな）

手を組むという案を拒否した以上、俺と住之江さんの競合関係は続くことになる。

まだ壁は乗り越えられていない。むしろここからが本番だ。

ＳＩＳ株式会社はトモナリギフトとは比べ物にならないほど規模が大きい会社だ。あちらが通販部門に本腰を入れると、今の俺では歯が立たない。

何か対策を考えなければ……。

頭を悩ませていると、スマートフォンが着信を報せた。

「あれ、天王寺さん？」

こんな時間に何か用だろうか。

もしかすると前みたいに俺が追い詰められていないか心配してくれているのかもしれな

い。そう思いながら着信に出る。

『天王寺さん、どうしまし――』

『――友成さん！　マネジメント・ゲームのニュースは見ましたの⁉』

天王寺さんの焦燥した声が聞こえた。

「いえ、まだですが……」

『すぐ見てくださいまし！』

住之江さん対策に夢中でニュースを見ていなかった。

言われた通り、ゲーム内のニュースを確認する。

マネジメント・ゲームでは定期的に、最近のM＆Aの状況や、時価総額のランキングなどがニュースの形で公開される。

そのニュースの中に……目を引く文章があった。

――SIS株式会社が、テックキャピタル株式会社を買収しました。

「…………は？」

テックキャピタル株式会社は、俺が住之江さんから紹介してもらったVCであり、トモナリギフト株式会社はそこから出資を受けていた。当然その対価として、トモナリギフトはテックキャピタルに株を渡(わた)している。

つまり、テックキャピタルが買収されたということは――――。

「……………株を、取られた」

四章◆マネジメント・ゲーム

翌朝。

学院へ向かう車の中で、俺は放心しながら外の景色を眺めていた。

「伊月さん、大丈夫ですか？」

「……はい」

静音さんが心配してくれるが、今の俺には空元気を出すことすらできなかった。

俺の会社の株が住之江さんに買われたことは、雛子や静音さんも知っていた。ゲームのニュースで大々的に公開されていたため、成香や大正、旭さんたちも知っている。皆、あのあと電話やメッセージで心配してくれた。

「……伊月？」

隣の雛子も心配そうな目で俺を見た。

ゲームに没頭しすぎて皆に心配をかけてしまった時のことを思い出す。……俺は両頬を叩き、気分を変えるよう努めた。

「大丈夫だ。一晩寝て落ち着いたから」

「……ん」

落ち込んだところで状況は何も変わらない。

なんとか前向きな気持ちを取り戻した俺は、いつも通り雛子より先に車から降りた。

「じゃあ雛子。また学院で」

「ん。待っててね」

学院へ向かいながら、これからの作戦を考える。

しかし校門を通り、校舎に近づいたところで――。

「あら、友成さん。おはようございます」

今、一番会いたくない少女と顔を合わせてしまった。

「……住之江さん」

「何か言いたげですね」

そりゃあそうだろう。

周りを見れば、同級生たちがさり気なく俺たちに注目していた。ゲーム内のニュースによって俺と住之江さんの関係を察している人が多いのだろう。

本能の赴くままに喋ると見苦しい言動をしてしまいそうなので、俺は自制心を働かせながら落ち着いて口を開いた。

「……随分、過激な手に出ましたね」

「言ったはずですよ。後悔なさいませんように、と」

住之江さんは後ろめたさを全く感じさせない様子で言った。

一般的に会社の買収とは、その会社の株を入手して経営権を獲得することを指す。株の入手方法は色々あり、株主と交渉して譲渡してもらうこともあれば、株式公開買付け……ＴＯＢで不特定多数の株主からまとめて買い集めることもある。

しかし今回、住之江さんがやった方法は一般的とは言い難い。

住之江さんが買収したテックキャピタル株式会社は、ベンチャー・キャピタル……即ちベンチャー企業を専門とした投資会社である。資金調達に苦しむベンチャー企業に資金を提供し、対価として株を受け取り、ベンチャー企業が見込み通り成長したらその株で利益を得るという会社だ。

トモナリギフトはこのテックキャピタルから出資を受けたので、その対価としてテックキャピタルはトモナリギフトの株を保有している。

つまり住之江さんがテックキャピタルを買収したということは、テックキャピタルが保有するトモナリギフトの株を支配下に置いたことになるので……住之江さんの会社は、トモナリギフトを実質支配できる立場になった。

これは――間接的な買収である。

言うことを聞いてくれないなら、その人の上司を言いくるめて間接的に支配してしまおうという考え方だ。

法的に問題があるわけではない。しかしこんな強引で金にものを言わせるようなやり方は、正直されて気持ちのいいものではなかった。

「買収には応じないと、言ったつもりなんですけど……」

「言われただけで大人しく引き下がるほど、ビジネスの世界は甘くありませんよ」

そう言われると、黙るしかなかった。

テックキャピタルが保有していたトモナリギフトの株は、全株式の四割弱。

過半数の株を取られたら問答無用で子会社化されてしまうので、今は首の皮一枚で耐えている状態だ。……いや、もう耐えてすらいないかもしれない。子会社化こそされなくてもかなりの議決権を取られているので、トモナリギフトの経営の自由度は大幅に落ちた。

「誤解なさらないでほしいのですが、私は何も貴方の会社だけを狙い撃ちにしたわけではありません」

住之江さんは余裕のある笑みを浮かべて言う。

「どのみち私は、テックキャピタルが出資している複数の会社をまとめて支配下に置きたかったんです。私の会社をIT業界の最大手にするために」

テックキャピタルはトモナリギフトよりも遥かに資産を持つ会社だ。トモナリギフトを間接的に支配するためだけにファンドを買収するのはあまりにも割に合わないので、他にも目的があることは予想していた。

しかし、その目的の内容までは予想していなかった。

「うふふ……意外でしたか？　私に野心があることが」

「そうですね。……それも天王寺さんのためなんですか？」

「勿論」

住之江さんは、自らの野心について説明する。

「私は将来、天王寺様の右腕になりたいのです。やがてこの国……いえ、世界中に名を轟かせるであろうあのお方に仕え、公私ともに支えたい。マネジメント・ゲームでは、そのための予行演習に徹します」

住之江さんは天王寺さんに対する感情が暴走気味だが、その言葉を聞くだけならとても真っ当な努力家のように感じた。

会社を大きくするノウハウは、将来天王寺さんのもとでも役立つだろう。だから住之江さんはＳＩＳを大きくしようとしているのかもしれない。

「まあ、貴方を陥れたいという気持ちも普通にありましたけど」

――あるんかい。

真面目に聞いて損した。

「邪魔者の排除も予行演習のうちです。私は天王寺様を誑かした貴方を許しません」

「……誑かした？」

嫌いとは言われたが、誑かしたとは初耳だ。

住之江さんの中で、俺はどういう人間になっているのだろう？

「今までの天王寺様は、もっとストイックなお方でした。優雅な振る舞いの裏には隠しきれない努力があり、宿敵である此花さんに勝つべく常にご自身を追い込んでいました」

住之江さんは、今までの天王寺さんについて語る。

「でも、天王寺様は変わってしまいました。――貴方のせいで」

住之江さんが俺を睨んだ。

「貴方と出会ってから、天王寺様は緩んでしまいました。……具体的には、六月の実力試験の前後っ！　あの辺りから天王寺様には変化の兆しがありました……っ！」

住之江さんが怒りのあまり拳を握り締めながら言う。

具体的すぎて怖い。

まさに天王寺さんの縁談の件が解決した時期だ。確かに天王寺さんが変わったのはそのタイミングだが、そんなはっきりと分かるようなものだっただろうか？

「更に、その時期を境に貴方と天王寺様の距離感が近くなりました……っ！　放課後のお茶会でも目が合う回数が二・七倍に増えていますし、隣で一緒に歩く時も距離が四センチも近くなっていました！　私の目は誤魔化せません‼」

怖い怖い怖い怖い――――。

真剣な空気が吹き飛んだ。いや、本人は真面目なつもりなんだろうけど……。

「お茶会の様子とか、見てたんですね……」

「見てますよっ‼　血の涙を流しながらっ‼」

「……普通に参加してもいいんですよ？」

「できませんよ！　勉強やゲームの話ならともかく、プライベートのことを話すなんて緊張して死ぬじゃないですかっ‼」

公私ともに支えたいんじゃなかったのか。

「かつての天王寺様なら、此花さんと同盟を組むなんて有り得ませんでした。……あのような馴れ合いに染まることなんて、絶対に有り得ませんでした」

それは……住之江さんの言う通りかもしれない。

雛子は自分が住之江さんに嫌われているかもしれないと言っていた。……その理由はこれだろう。住之江さんは天王寺さんを慕っているので、天王寺さんのライバルである雛子のことを内心で敵のように考えていたのかもしれない。

「だから私は、天王寺様の目を覚ますために貴方を陥れるのです。……貴方が大したことない人間だと明らかになれば、きっと天王寺様も我に返るでしょう。これも、天王寺様の右腕となる私の使命です」

住之江さんの目的を知り、俺は天王寺さんが口にしていたことを思い出した。

――ただ……彼女は以前までのわたくしを尊敬していましたから、今のわたくしを複雑に思うかもしれませんわね。

俺も、天王寺さん自身も、天王寺さんの変化はよいものと思っていた。

しかし、ここに一人……その変化を憎む者がいたようだ。

「貴方は天王寺様の隣に相応しくない。――早々にゲームから退場してもらいます」

そう言って、住之江さんは踵を返した。

◆

結局、住之江さんへの対抗策が何も思いつかないまま放課後になった。

屋敷に帰った後も、俺は自室で一人考え続ける。

このままではいけない、早急に対策しなければならない。……そんな焦りに突き動かされるままに、俺は住之江さんの間接的な支配から逃れるための方法を調べ、自分でも実現可能なものをリストアップしていった。

コンコン、と部屋の扉がノックされる。

俺が「はい」と返事をすると、雛子が入ってきた。

「お疲れ。……紅茶、持ってきた」

「ありがとう」

カップを受け取り、ゆっくり飲む。

すっきりとした甘みが、脳味噌の奥底に蟠る緊張をほぐしてくれた気がした。

「……前より美味しくなってるな」

「ほ、ほんと……っ⁉」

素直な感想を述べると、雛子はとても驚いた。

「頑張った甲斐、あった……」

嬉しそうに笑う雛子を見て、俺もなんだか嬉しくなってきた。

……やっぱり、能力は高いんだよなぁ。

雛子は、その気になれば大抵のことをそつなくこなすことができる。問題はなかなかその気にならないことだったが、最近は屋敷に帰ってきてからも元気そうだ。

雛子は成長している。……俺も負けてられないな。

「美味しい紅茶も貰ったし、もう一踏ん張りするか」

猫背になっていた身体を真っ直ぐに伸ばして、やる気を捻り出す。

再びパソコンと向かい合うと、雛子は近づいてきて一緒にモニターを見つめた。

「住之江さんの件……まだ困ってる？」

「ああ。正直、頭を抱えたくなる」

というか雛子が部屋に来るまでずっと頭を抱えていた。

「ん……じゃあ、私に任せて」

不意に、雛子がそんなことを言う。

俺はモニターから雛子に視線を移した。

「住之江さんの件……いい解決法がある」

「解決法？」

「ん。伊月は、私が守ってあげる」

雛子は――優しい笑顔と共に告げた。

「第三者割当増資で、私の会社に株をちょうだい。……そうしたら、私が伊月の会社を子会社化して、住之江さんから守ってあげる」

琢磨さんから株の勉強をするよう言われていたので、俺には雛子が何を言っているのか理解することができた。

第三者割当増資とは、文字通り特定の第三者に対して新株を割り当てることで代わりに資金を得るという、資金調達の一種である。

信頼できる相手に株を渡すことができるというメリットはあるが、新株を大量に発行するので既存株主の持ち株比率の低下という注意点がある。今まで経営に関わることができた株主が、持ち株比率の低下によって関われなくなる可能性が出るため、彼らの権利を保護するよう配慮しなくてはならない。

だがそれは、裏を返せば既存株主の支配から逃れられるという意味でもある。

今、トモナリギフトの筆頭株主はＳＩＳ株式会社……つまり住之江さんだ。

ここで俺が第三者割当増資によって雛子に大量の新株を渡すと、筆頭株主が住之江さんから雛子に移り、トモナリギフトは此花グループの庇護下に入る。そうすれば住之江さん

の支配からも逃れられる。代わりに此花グループに入ることとなるが、雛子は俺のやりたいことを知っているから束縛されることはないだろう。

このような買収防衛策には、ある名前がつけられていた。

「……ホワイトナイト、だったか」

「そう」

雛子はどこか満足げに頷く。

敵対的買収に苦しめられている中、友好的な買収者が颯爽と現れて救ってくれる。救いを求めている会社にとっては決して仰々しいとは言えない、的を射たネーミングだ。

「私が、白馬の騎士になる」

雛子は誇らしげに胸を張っていた。

でも俺は……何故かすぐに首を縦に振ることができなかった。

雛子の提案を聞いて、俺は「その手があったか！」と内心で驚いた。

しかし同時に…………。

（…………それでいいのか？）

違和感がある。

俺は、この差し伸べられた手を握ってはいけない気がする。

会社のことを考えるなら、ここで雛子に助けてもらった方がいい。住之江さんも言っていたが、本来ベンチャー企業がM&Aを提案されるのは光栄なことである。住之江さんの場合は方向性が不一致だったので提案を断ったが、雛子はトモナリギフトという会社やその経営者である俺のことを熟知している、友好的な買収者だ。

手塩にかけて育てた会社が、天下の此花グループにスカウトされているのだ。これほど光栄なことはない。…………ないはずだ。

それでも、引っかかりがあるのは……。

（…………ああ）

そうだ。

そうだった。

つい最近、天王寺さんとも話したばかりじゃないか。

俺は――――雛子の隣に立ちたいのだ。

雛子や天王寺さん、成香、旭さん、大正、北、そして……住之江さん。彼らと真の意味で対等になるために、俺は今、努力しているんじゃないか。

俺が此花グループの役員を目指しているのも、俺が生徒会を目指しているのも、俺がマネジメント・ゲームで頑張っているのも、全部そのためじゃないか。

……じゃあ、駄目だ。

ここで雛子の手を取っちゃ駄目だ。

対等な立場を目指しているのに……こんな一方的に、庇護されるわけにはいかない。

「……ごめん、雛子」

俺は頭を下げて言った。

「その提案は、受け入れたくない」

「…………え」

あまりにも予想外な答えだったのか、雛子はか細い声を零した。

「な、なんで……？」

「温情で助かるわけにはいかない」

そもそも雛子の会社に、俺の会社を買収する必要は全くないのだ。かといって俺の会社を投資対象として見ているわけでもない。雛子はただ純粋に、俺が困っているから手を差し伸べているだけである。

つまりこれは、ビジネスでもなんでもない……ただの温情だ。

だからこそ受け入れるわけにはいかない。

「……俺は、雛子と対等になりたいんだ」

雛子の庇護下に入ってしまえば、俺はもう雛子とは対等になれない。

貴皇学院には雛子を慕うたくさんの生徒がいる。彼らはいつも雛子のことを遠巻きに眺め、ぼーっと見惚れたり、口々に賞賛したりしていた。

でも俺は、失礼な言い方かもしれないが、そういう人たちと同じになりたくないのだ。

遠巻きに眺めたいわけじゃない。家来になりたいわけじゃない。

俺は、雛子の隣に相応しい人間になりたい。

「だから、信じてくれないか？　この件は自分の力でなんとかしてみせる。……ここで雛子に頼ると、俺は一生雛子の隣に立てない気がするんだ」

思いの丈をぶつける。

雛子は、しばらく黙った後……。

「…………分かった」

雛子は俯いたまま部屋を出て行ってしまった。

髪の隙間から見えた耳が、真っ赤に染まっている。

……怒らせてしまっただろうか？

雛子が俺のことを見下していないのは分かっている。

雛子は純粋な優しさで俺に手を差し伸べたのだろう。それを無下にしたのだから、機嫌が悪くなってもおかしくない。

でも――これは俺にとって譲れないことだ。

ここから先は行動で示すとしよう。

「……よし！」

やるぞ、と自分を鼓舞して、俺はパソコンと向き合った。

◇

伊月の部屋を出た雛子は、視線を下に向けたまま廊下を歩いた。

赤い絨毯をぼーっと見つめながら歩く雛子は、ごつんと壁に頭をぶつける。

「あうっ」

「お嬢様……？」

偶々近くを清掃していた静音が、雛子の存在に気づいた。

しかし雛子は慌ただしく方向転換し、また足元を見ながら歩き始め……。

「あうっ」

「お、お嬢様？　その、大丈夫ですか？　部屋はこっちですけど……」

「うぅ……」

様子のおかしい雛子に、静音が不思議そうにする。

雛子はぶつけた額を手で擦りながら、静音に部屋まで連れていってもらった。

部屋に入ると、雛子は真っ直ぐベッドに向かう。

布団に身体を埋めて動かなくなる雛子に、静音は心配そうな顔をした。

「体調が優れないようでしたら医者を呼びますが……」

「いい……しばらく、一人にして……」

これは決して、体調不良とかそういうのじゃない。

静音は一先ず言う通りにした方がいいと思ったのか、扉の閉まる音が聞こえた。

一人きりになった雛子は、枕に顔を埋めながら両足をパタパタと上下させる。

（う～～～～……っ!!）

顔が熱い。噴火しそうだ。

自分は今、かなり変な顔をしているのだろう。こんな顔を誰かに見られるわけにはいかないから、ずっと下を向いていた。

身体の奥から湧き上がる感情に、ひたすら翻弄される。

頭の中で、先程の伊月との会話を思い出した。

——俺は、雛子と対等になりたいんだ。

伊月の言葉が、声が、表情が、雛子の頭で蘇る。

「か…………かっこ、いい～～～～～～…………っ!!」

抑えきれない激情を少しでも発散するかのように、両足を上下に動かす。

枕に顔を何度もこすりつけるが、心は当分落ち着きそうにない。

(そっか……伊月はもっと、私の傍に来てくれるんだ……)

自惚れではない。だって伊月が自分でそう言ったのだから。

伊月の真剣な気持ちが、ちゃんと伝わってきた。

「～～～～っ!」

言葉にならない声が口から出る。

雛子は枕をぎゅっと抱き締めながら、ベッドの上をゴロゴロと転がった。

(嬉しい……嬉しい、嬉しい、嬉しい…………っ!)

なんだか無性に叫びたい気分だった。

温かい気持ちが胸から溢れ出し、行き場を求めてぐるぐる身体の中を駆け巡っている。

（でも……う〜〜〜〜っ！　私も伊月のために、頑張りたかったのに……っ！）

嬉しさとはちょっと違う、複雑な気持ちが込み上げる。

正直、あの提案を断られるなんて思わなかった。

伊月のことを侮っているつもりはないが、今回の件ははっきり言って伊月が圧倒的に劣勢である。ＳＩＳはトモナリギフトの何十倍も規模の大きい会社だ。そこと正面衝突して助かる道なんて簡単には見つからない。

だから、最善の道を提案したつもりだった。

伊月が喜んでくれると思って考えた作戦だった。

（伊月が来てくれてもいいように、役員のポストも空けといたのに……っ!!）

あわよくば、伊月と一緒にゲームを楽しめると思っていた。

学院でも屋敷でも、二人で肩を並べてマネジメント・ゲームに夢中になる……そんな光景を想像して、雛子は内心ウキウキしながら先程の提案をしたのだ。

でも……伊月の「対等になりたい」という言葉は嬉しかったし、そう告げた時の伊月はとてもかっこよかった。

（………かっこよかった）

胸はもういっぱいだった。

なら、これでいいのかもしれない。

想定通りにはいかなかったけれど、きっと想定以上に幸せな気持ちになっている。

心残りがあるとすれば、結局伊月はこれからどうするのか分からないという点だ。伊月は自分で解決すると言っていたが、そう上手くはいかないだろう。

(いっそ、私が裏で手を回すとか……)

本人にバレないよう、こっそり伊月を支えてみるのはどうか考えてみる。

でも……信じてくれと言われた手前、裏で何かをするのは乗り気にはなれない。

「う～～～～……」

伊月があぁ言ってくれたことは嬉しい。

けれど……このままでいいのかな。そんな疑問が頭の中で渦巻いていた。

その時、扉がノックされた。

「お嬢様、本当に大丈夫ですか？」

「……大丈夫。入っても、いいよ」

静音の声が聞こえたので、入室を許可する。

部屋に入った静音は雛子に近づき、その額に掌をあてた。

「……問題なさそうですね」

熱が出ていないことを確認し、静音が安堵する。

「大丈夫だったでしょ？」

「しかし、お顔が真っ赤ですよ？」

「そ、それは……関係ない」

恥ずかしくなった雛子は、顔を逸らす。

「伊月さんに紅茶は喜んでもらえましたか？」

「ん、前より美味しくなったって言ってた。……えへへ」

それもまた嬉しかったことだった。

雛子の言葉を聞いて、静音も自分のことのように嬉しそうな顔をする。

「努力が実りましたね」

「静音が丁寧に教えてくれたおかげ。……ありがとう」

いつも忙しいはずなのに、静音は最後まで優しく紅茶の淹れ方を教えてくれた。

静音の顔を真っ直ぐ見つめ、雛子はお礼を言う。

すると静音は、額に手をやりながら天を仰ぎ……。

「……生きててよかった」

ジーン、と。心の底から感動していた。

そんなに仰々しく感謝したつもりはないが……これからはもう少し感謝を言葉にして伝えようと雛子は思った。

「でも、伊月は静音が淹れてくれる紅茶も楽しみにしていると思うから、今度は私じゃなくて静音が淹れてあげて」

「それは、構いませんが……よろしいのですか？」

「ん。私ばっかり幸せになるのも、申し訳ないから」

伊月の幸せを奪うような真似はしたくなかった。

夏休みの最後は、その悩みが膨らんでしばらく寝込んでしまった。自分は伊月から大切な日常を奪ってしまったんじゃないか……あんな不安はもう抱えたくない。たとえ伊月が大丈夫だと言ってくれても、気を配らなくちゃいけないことだと思った。

「……分かりました」

静音は首を縦に振った。

「伊月さんは、まだ買収の件で困っている様子でしたか？」

「困ってた。でも、自分でなんとかしたいって」

「そうですか。……ではその心意気に免じて、今回は伊月さんに厳しく指導するのはやめておきましょう。実際、この件に関しては伊月さんに落ち度があったというよりは、先方が想像以上に過激だっただけですしね」

「ん。……伊月、よく勉強してる。ホワイトナイトとかも知ってたし」

雛子も伊月に落ち度はないと思っていた。

第三者割当増資やホワイトナイトについて知っているということは、伊月はM＆Aや株について日頃からしっかり勉強しているのだろう。住之江千佳による敵対的買収が始まってから勉強したにしては知識の幅が広すぎる。

「そういえば他のメイドから聞きましたが、伊月さんはマネジメント・ゲームが始まったばかりの頃、琢磨様と執務室で何かをしていたみたいですね」

「伊月が……あの人と？」

雛子の脳内に、人の悪い笑みを浮かべた兄の顔が現れた。

「琢磨様は『仕事を手伝ってもらった』と言っていましたが、その際に伊月さんへゲームのアドバイスをしていたのかもしれません。……あの人のことですから、何か裏がなければいいのですが」

琢磨に振り回された経験のある静音は、安易に琢磨のことを信頼できなかった。

雛子も不審に思う。

「……静音」

「はい」

できる限り、兄とは接点を持ちたくない。

しかし伊月が兄の毒牙にかかろうとしているなら、そんな個人的な感情はいくらでも捨ててみせる。

「あの人に、電話して」

静音は首を縦に振り、ポケットからスマホを取り出した。

発信音が聞こえるスマホを雛子は受け取る。

同時に、雛子はパソコンのエンターキーを押した。

「今、タブレットにデータを送ったから、それを伊月に見せてあげて。……このくらいなら手伝ってもいいかなって、思うから」

「畏まりました。……私はこの場にいなくても大丈夫ですか？」

「ん。……兄妹の会話をするだけだから」

とても一般的な兄妹とは言い難いが。

静音が心配そうな顔をしていたが、最終的には雛子を信じることにしたのか、恭しく頭を下げてから部屋を出て行く。

『静音？』

スマートフォンから兄の声が聞こえた。

「……私」

『雛子か。珍しいね、僕に何か用かい？』

相変わらずの飄々とした声色だった。

こちらからは何を考えているのかさっぱり読めない。なのに向こうはこちらの考えていることをことごとく見抜いてみせる。……この上なく不公平でやりにくい。

「伊月を、どうするつもり？」

単刀直入に雛子は訊いた。

「貴方が伊月に入れ知恵しているのは知っている。……伊月をどうする気？」

『……さぁ？　それは伊月君次第だ』

要領を得ない回答に、雛子は唇をきゅっと締めた。

……ムカつく。

そんな雛子の気持ちを見透かしてか、琢磨は楽しそうに笑った。

『心配しなくてもいい。僕はただ、彼の才能を後押ししたいだけだよ』

「才能……？」

訊き返す雛子に、兄は告げた。

『彼は――僕と同類なんだ』

◆

雛子が俺の部屋から去ってしばらく。

住之江さんの買収対策を考えていると、再び部屋の扉がノックされた。

「お疲れ様です」

「静音さん。どうしたんですか？」

「先程、お嬢様の様子が変だったので、その原因を調査しに来ました」

「えっ」

様子が変だった……？

ということは、やっぱり俺は雛子を怒らせてしまったのだろうか？

「冗談です。いえ、様子がおかしかったのは事実ですが、どうやら悪いことではなさそうなので問題ありません」

「そ、そうですか……」

まあ静音さんが問題ないと言っているなら、心配の必要はないのだろう。

「お嬢様がこれを伊月さんにと」

そう言って静音さんは俺にタブレットを渡した。

「これは……」

「お嬢様が今までに調べてきた会社の情報です。一般公開されているものよりも詳しい内容が記載されています。……このくらいなら手伝ってもいいかな、とのことです」

「……ありがとうございます」

「お礼は後ほどお嬢様へお願いします」

勿論そのつもりだ。

確かに、このくらいなら一方的な施しにならない。雛子でなくても、お茶会同盟の仲間ならこの程度の協力を誰も惜しまないだろう。俺だってそうだ。

雛子の気遣いに感謝して、タブレットのデータを見た。

「今は何をしていらっしゃるんですか？」

「買収対策のアテとなる会社を探していました。なので、丁度こういう情報が欲しかったんです」

タブレットの中にある資料を読みながら俺は答える。

十や百では済まない、大量の会社のデータがそこにはあった。雛子がゲーム内でも成功しているのは運や家柄のおかげではない。こうして地道に努力しているからだと分かる。

「……会社って、面白いですね」

資料を読み、片手でメモを取りながら俺は言った。

「企業理念や投資家向け情報……色んな方向から調べていくと、少しずつその会社の体質が見えてくる。……その会社の奥にどんな経営者がいるのか透けて見える」

会社という単語に惑わされる必要はない。

結局、会社もサービスも、人が作ったものなのだ。無機質なデータの奥には必ず感情を持った人間がいる。

「データを見ていると、なんとなく相手の顔や考えが浮かんでくる……なら後は、その人と自分の相性がいいか確認するだけで……」

それだけで——交渉は上手くいく。

琢磨さんのメールを見た時も、天王寺さんの提携先を見つけた時も、同じような感触があった。データの奥に隠れている人の本心が、少しずつ鮮明になっていく。

「伊月さん、それは…………」

隣で静音さんが、何故か深刻な面持ちをしていた。

「どうしました？」

「いえ、大したことではないのですが……」

静音さんはどこか言いにくそうに口を開く。

「まるで……琢磨様のようなことを、仰るなと……」

◇

スマートフォンの向こうで、琢磨は楽しそうに語り出した。

『僕の才能については知っているだろう？　心の知能指数……いわゆるＥＱが異様に高くて、相手が何を考えているのかなんとなく察することができてしまう』

それは知っている。

腐っても家族だ。兄の才能については何度も耳にする機会があった。

「つまり……心を読む変態」

『酷いな。これでも天才って呼ばれているのに』

発言とは裏腹に、気にした様子はない。

『ある日、僕は伊月君に書類の整理を頼んだ。すると伊月君は、その書類の中にある嘘を一瞬で見抜いてみせた。……これは本音じゃないだろう？　ってね』

先程静音が言っていた件だろう。マネジメント・ゲームが始まった頃に、二人は執務室で作業をしていたらしい。その際に琢磨は伊月から何かを感じたようだ。

『彼は、データの真偽を感覚で見抜くことができる』

琢磨は簡潔に述べた。

『厳密には、隠れた本音を察することができるんだろうね。……誤魔化された情報を目にすれば、理屈ではなく感覚で「このデータは臭い」と気づくし、逆にデータ自体に瑕疵があっても信頼に足る相手だと見抜くこともできる』

琢磨は淡々と説明してみせたが、そう簡単に受け入れられる内容ではなかった。

それは、つまり……伊月はこの人と同じ才能を持っているということか？

「……そんなオカルトなことができるのは、貴方だけで充分」

『僕らにとってはオカルトでもなんでもないさ』

雛子は眉間に皺を寄せる。

僕ら、なんて言わないでほしい。……まるで、伊月は既にこちら側なのだと言われているような気がした。

『たとえば、雛子は同級生にお茶会へ誘われた時、それが社交辞令か本音なのかどうやって判断している？』

「それは……なんとなく、だけれど」

『そう。なんとなく、だろう？　曖昧な判断材料に思えるけど、不思議なことにそういうのは的中していることが多い』

琢磨は続ける。

『僕らはね、そのなんとなくの領域が広いんだよ。雛子が社交辞令か本音かを判断しているように、僕らは目の前の情報を嘘か真か判断しているんだ』

琢磨の才能については知っているが、そこまで詳細に語られたのは初めてだった。

理屈は通っている……ように聞こえる。しかしそれは琢磨の巧妙な話術のせいかもしれない。だからここで安易に納得してしまうのは怖かった。

雛子は知っている。此花琢磨の才能は、勘が鋭いの一言で済ませていいものではない。

相手の求めるものを提供し、相手の好む人格を演じ、時には相手の忌避する話題を自ら口に出して交渉を上手く進めてみせる。そうやって琢磨は異例の速さで此花グループの役員たちに自分を認めさせ、己の立場を確立してみせたのだ。……これで遊び人気質なところがなければ、確実に次期当主として歓迎されていただろう。

「……でも、今までの伊月にはそんな素振りはなかった」

『そうだね。だから多分、僕が切っ掛けになったんだと思う』

雛子の疑問に、琢磨は答える。

『僕みたいな人間の存在を知ることが……僕と会話することが、彼にとっていい刺激になったんじゃないかな』

その可能性はあるかもしれないと雛子は思った。

琢磨は良くも悪くも特別な人間で、凡庸とは言い難い。そんな琢磨の影響を受けて生き様を変えた人は何人もいるだろう。……静音だってその一人だ。

伊月もまた、琢磨から刺激を受けてその才能に目覚めたのかもしれない。

「……じゃあ、貴方が元凶ってこと？」

『おいおい。別に悪いことじゃないんだし、むしろ恩師と呼んでほしいくらいだ』

琢磨の苦笑いが聞こえた。

『雛子も分かっているだろう？　これは紛れもなく経営者の才能だ。なにせ相手の本音を読めるんだから、リスクは避けられるし、隠れた利益を掘り出すこともできる』

実際にその才能で成り上がってみせた琢磨が言うと、説得力があった。

『惜しむらくは、冷酷さが足りないことだ。この才能を駆使すれば相手の弱みを握ることすらできるのに。それさえできるようになれば………彼は僕になれる』

その一言を聞いて、雛子は兄の性格を改めて思い知った。

兄はただ、自分の人生が正しいと思っているから、そこへ至るための道筋を提示しているに過ぎない。この人にとっては親切のつもりだろう。けれどやっぱり、兄は伊月の気持ちを全く考えていなかった。

「……いらない」

雛子は、伊月のことを……大事な人のことを思い浮かべる。

伊月はいつも自分を見守ってくれた。怠惰で、面倒臭いものを背負っていて、最近は色んな感情に翻弄されている自分を、伊月はいつも優しく笑って見ていてくれる。

あの優しい顔が、消えていいわけがない。

「伊月に、冷酷さはいらない」

いつもより強い口調で雛子は言った。

『ビジネスの世界において冷酷さは必須だ。伊月君は情を捨てさえすれば、一流の経営者になれる。それこそ、此花グループの役員にだって簡単に――』

「関係ない」

兄の言葉を遮って、雛子は言った。

「伊月は、貴方と同じにはならない。他人を駒扱いしている貴方とは違う」

琢磨は自分が上手く立ち回るために、しばしば他人を使う。

その被害者たちがどうなったか、雛子はよく知っていた。

ある者は家庭を失い、ある者は夢を失った。最初は皆、目を輝かせて琢磨の背中についていっても、最後に笑っているのは琢磨だけだった。

琢磨は人の気持ちが分からないわけではなく、むしろその逆で誰よりも他者の気持ちに鋭い。つまりこの男は、他人の気持ちを分かった上で切り捨てているのだ。

……見えるからこそ、陳腐に感じるのかもしれない。

此花琢磨は、いつだって他人の気持ちを軽んじている。

『僕とは違うか。……雛子はそこまで言い切れるほど、伊月君に詳しいのかい？』

「詳しくなくても分かる」

雛子は落ち着いて言った。

「貴方の周りに、天王寺美麗はいない」

あの高貴で、負けん気が強くて、正しい少女のことを思い出す。

「貴方の周りに、都島成香はいない」

あの不器用で、一生懸命で、自分と向き合うことができる少女のことを思い出す。

「貴方の周りに、平野百合はいない」

あの温かくて、お節介で、飾らない少女のことを思い出す。

「貴方の周りには、大正克也も旭可憐もいない」

『……全員、彼の友達だね』

「そう、友達」

ムードメーカーで、いつも色んな人たちをこっそり支えている二人のことを思い出す。

……なんだか女性の比率がやたら高い気がして、ちょっとモヤッとしてしまったが、今は忘れる。

大事なのは、そういう友達が伊月にはいることだ。

「貴方は利害の一致でしか人間関係を築けない。だから貴方の周りには、ビジネスパートナーしかいない。……でも伊月は違う。伊月はいつも誰かのために頑張ってきた。そんな伊月の周りには友達がたくさんいる」

だから――。

「伊月は既に、貴方とは違う生き方ができている。……貴方が伊月を惑わせたところで意味はない。伊月の周りには、伊月を止めてくれる人がたくさんいるから」

雛子は伊月の将来について全く恐れていなかった。

伊月は大丈夫だという確信がある。この男みたいにはならないという信頼がある。

『うーん、勿体ないなぁ。あんなにビジネスの才能があるのに。……個人的には、彼には将来僕の右腕になってもらいたいところなんだけど』

「そうはならない。他をあたって」

ほらみろ、結局この男は自分のことしか考えていない。

『……まあ、雛子がどう思うかは雛子の自由だ』

琢磨はぼそりと呟いた。

『っと、そろそろ仕事の時間だ。話はもういいかい？』

「ん」

兄の狙いは分かったので、もう話すことはない。

この人は、此花琢磨二世を求めている。自分の分身を作って都合のいい右腕にしたいと思っている。

伊月がそれを望んでいるなら止めはしない。

でも、そうじゃないなら……それを止めるのは自分の使命だ。

（……あれ？）

そこまで考えたところで、ふと雛子は気づいた。

もしも伊月に、兄と同じ才能があるのだとしたら……。

伊月も他人の気持ちに鋭いのだとしたら……。

伊月は、私の感情に気づいて……？

「……ねえ」

『ん？』

急にしおらしくなった雛子に、琢磨は不思議そうな声を返した。

「伊月は別に、貴方みたいに心を読んでいるわけではない……？」

『うん、そこまで鋭いわけじゃないね。雛子の感情にも気づいていないようだし』

「えっ」

急に心を読まれて、雛子の顔は引き攣った。

「な、なんの、こと……？」

『いや、普通に気づくよ。まさか隠してるつもりだったの？』

「だ、だ、だ、黙って……っ‼」

この男を相手に意味はないと分かっていても、どうにか誤魔化そうとする。

兄はケラケラと面白そうに笑った。

『僕らにも苦手分野はあるんだよ。伊月君は見るからにそういう事情に疎そうだし……多分、彼は自分のことに鈍感なタイプだね』

いつの日か、伊月の幼馴染みである百合は言っていた。伊月はお人好しだけど、代わりに自分のことを疎かにしてしまう癖があると。

その話を聞いた時は、とても悲しく感じたが………まだ心の準備ができていない雛子は今、ちょっとだけ「助かった」と思った。

五章◆交渉

翌日の朝。

学院に登校した俺は、教室に入ろうとしたところで天王寺さんに手招きされた。

「友成さん、ちょっとこちらへ」

人の少ない階段の踊り場まで案内されたところで、天王寺さんは振り向いた。

「買収の件はどうなりましたの？」

十中八九その話だと思っていた。

デリケートな話なのでどこまで説明していいのか悩ましかったが、天王寺さんは人として信頼できるし同盟も組んでいるので問題ないだろう。

一つ一つ順序立てて説明する。住之江さんがＩＴ業界の最大手を目指していること、そのためにテックキャピタルを買収したこと、俺を心配した雛子がホワイトナイトを提案してくれたこと、そして――。

「……というわけで、此花さんに頼ることはせず、自力で解決しようと思います」

　実力をつけるためにも、敢えて雛子の提案を断ったこと。

　天王寺さんは腕を組んで俺の説明を聞いた。

「ほほぉ……いい覚悟ですわねぇ」

「めっちゃいい笑顔しますね」

　天王寺さんは肉食獣の如き獰猛な笑みを浮かべていた。

　結局、俺と住之江さんは真っ向勝負をすることになった。……勝負事が好きな天王寺さんが、いかにも好みそうな展開だ。雛子をライバル視しているため、雛子の手を借りなかったという姿勢も多分気に入られている。

「分かっていると思いますが、その選択はシミュレーションならではのものですわよ？」

「……はい。ちゃんと分かっているつもりです」

　今回の件が全て現実で起きたとしたら、俺はトモナリギフトで働く従業員たちの考えを完全に無視していることになる。俺には彼らを路頭に迷わせない義務があるのに、意地を貫くためだけに厳しい道を選んだのだ。

　現実でこの展開に直面したら、雛子の庇護下に入るしかなかっただろう。

「しかし、わたくしはシミュレーションだからこそ学べるものもあると思いますわ。実際わたくしがM&Aを繰り返しているのもそれが理由ですし」

会社の買収・合併には莫大な金がかかる。現実ではそう頻繁にM&Aなんて繰り返せないが、天王寺さんは勉強のために積極的にM&Aを行っていた。

「友成さんは勝つためではなく学ぶための選択をしました。その自覚があるなら……わたくしは貴方の選択を尊重しますわ」

「ありがとうございます」

天王寺さんにそう言ってもらえると、自信が湧いてくる。

「それで、肝心の対策はどうするつもりですの？」

「それは……」

答えようとすると、誰かが近づいてきた。

「――ごきげんよう」

落ち着いていて、綺麗な声音が耳に届く。

「住之江さん……」

「うふふ、最近よく顔を合わせますね」

住之江さんは清楚な笑みを浮かべる。

こうして改めて見てみると、とても腹黒には思えない。演技で体裁を保っているというのは雛子に通じるところがある。

そんな住之江さんに、天王寺さんが口を開いた。

「住之江さん。実はわたくし、こちらの友成さんと同盟を組んでいますの」

「……ええ、存じ上げています」

そりゃあ知っているだろう……いつもお茶会の様子を覗き見しているらしいし。

「ですから一言だけ言わせていただきますわ。……貴女のやり方は、まるで札束で相手の頬を叩いて従わせているようなもの。些か強引ですわよ」

「……仰る通りです。でも私は、そうでもしなければ天王寺さんの目を覚ますことができないと判断しました」

「わたくしの目を……？」

不思議そうな天王寺さんに、住之江さんは続ける。

「天王寺さん。私も、貴女に一つだけ言いたいことがあります。……そこの男は、天王寺さんに相応しくありません。友成伊月は貴女を堕落させるだけの人間です。私がそれを証明してみせます」

住之江さんが俺を睨んで言う。

俺を恨んでいるという感情は、隠さないことにしたらしい。

色々言い返したいことはあるが、既に戦いの火蓋は切られている。口論をしたところで俺たちの関係が変わることはない。

だから俺は……ビジネスの話をする。

「住之江さん。ウェディング・ニーズ株式会社を知っていますか？」

この険悪な雰囲気の中で俺から声を掛けられるとは思わなかったのか、住之江さんは少し驚いた様子だったが、すぐに冷静な面持ちに戻った。

「ええ、知っていますが」

「ですよね。……俺は今日、そこの経営者と話してみるつもりです」

そう告げると、住之江さんは微笑する。

「なるほど、貴方のやりたいことは分かりました。ですがそれは望み薄ですよ。何故ならその会社には私も一度――」

「――俺の会社は、住之江さんの会社とは違います」

買収に応じない理由は、最初からそれのみだった。

トモナリギフトとＳＩＳは在り方がまるで違う。……その経営者である俺と住之江さんの考え方がまるで違う。

騒動の切っ掛けがそれなら、決着をつけるのもやはりそれだ。

「俺は、このやり方で生き残ってみせます」

恐らく、決着は今日つく。

今日の放課後……俺はある人物にアポを取っていた。

◆

放課後、学院の喫茶店にて。

事前に予約したカフェの席に座っていた俺は、正面から一人の男子生徒がやって来るのを見て立ち上がった。

「はじめまして。ウェディング・ニーズ株式会社の生野と申します」

「トモナリギフトの友成伊月です」

生野と名乗ったその男子と、軽く握手して席に座る。

今回、俺は住之江さんの支配から逃れるための策を用意した。そのキーパーソンとなるのが同級生の彼だ。

店員が俺と生野にメニュー表を渡す。

「友成君は何にしますか？」

「俺はブレンドコーヒーにします」

「じゃあ僕もそれで」

店員が頷いて、踵を返す。

「生野君は、このカフェを使ったのは初めてなんですか？」

「はい。家が厳しくて、放課後はすぐに帰るよう言われているんです」

生野が苦笑する。

そういう生徒が多いことは俺も知っていた。

生野の実家であるウェディング・ニーズは、ブライダル業界の最大手である。結婚式場を提供するウェディング事業は勿論、それに付随したホテル事業やレストラン事業など、扱う事業は多種多様だ。

実家がこれほどの規模となると、親の制約が厳しいことも多い。駄菓子屋に行くことすら禁止されていた頃の成香と同じだ。雛子や天王寺さんは自由に見えるが、実際は外出の際に大抵どこかに専属の警備員が潜んでいる。

そんな生野は他の生徒と同様、ゲームでは実家となるウェディング・ニーズを運営していた。彼は現実と同じようにゲームでもブライダル業界最大手として君臨している。

「友成君とこうして話すのは初めてですが、実はちょっと緊張しています」

「え、どうしてですか？」

俺が緊張することはあっても、生野の方が緊張する理由なんてないはずだが……。

「だって、友成君はあの高貴なるお茶会の参加者じゃないですか」

出た、高貴なるお茶会。

最近よく耳にするようになった話題だ。……ちょっと誤解されている気がする。

「えっと……あのお茶会は本当にただのお喋りがメインというか、高貴なるお茶会なんて呼ばれるほど仰々しいものではないんですけど……」

「え？　でも噂では、政治や経済、軍事学、それに今後の貴皇学院の在り方について真剣に議論を交わしているって聞いたんですけど」

なんだその噂。

今年の春に編入したばかりの俺がいる時点でそんな話になるわけがない。

「一部では、友成君が裏で手を引いてるみたいな噂もありますよ」

「な、何故そんな、荒唐無稽な噂が……」

「元々、友成君があのメンバーを集めたという噂もあって、それが原因かと……」

そもそも最初にあの六人で集まった切っ掛けは何だったか。……ああ、そうだ。大正や旭さんからの遊びの誘いを毎回断り続けるのも変だから、受け入れることにして、それで折角だから雛子と仲良くしたそうな天王寺さんや、友達が欲しそうな成香も誘ったんだ。

……俺が集めたというのは、あながち間違っているわけでもないのか。

「ゲ、ゲームの話をしましょう！　今回はそのための集まりですし！」

「そ、そうですね」

この話題は危険な気がしたので、遠ざけることにする。

丁度、二人分のコーヒーが運ばれてきたので、俺たちは一度落ち着きを取り戻すためにコーヒーを飲んだ。

ふぅ、とどちらからともなく息を吐く。

「買収の件、大変そうですね」

生野はカップをテーブルに置いて言った。

「知ってましたか」

「まあ、ファンドの買収なんてそうありませんから」

どうやら住之江さんのファンド買収の件は、元々俺や住之江さんに注目していなかった人たちにまで届いているらしい。

なんだか自分が注目の的になっているような感じがして、居たたまれない。

「住之江さんのＳＩＳ株式会社は大手ＩＴ企業。……テックキャピタルから出資を受けるようなベンチャー系のＩＴ企業にとって、自分たちのトップにＳＩＳがつくというのは必ずしも悪い話ではないと思いますが……」

「そう考える人もいると思います。でも俺は、抗うことにしました」

そのために今回の場を設けたのだ。

俺はコーヒーを一口飲んでから、生野を見た。

そろそろ――真面目な話をさせてもらおう。

「先日お伝えした通り、今日は資本業務提携の話をさせてください」

本題を切り出す。

すると、生野は申し訳なさそうに頭を下げた。

「すみません。わざわざセッティングしてもらったところ申し訳ないんですが……僕は業務提携をするつもりはありません」

生野はコーヒーの入ったカップを見つめながら言った。

「ＩＴ企業からはよく同様の提案をされますが、全部断っていまして……」

「その中に、住之江さんもいるんですよね？」

「……知っていたんですか？」

「直接聞いたわけじゃないですけど、予想はしています」

俺は鞄からノートパソコンを取り出して言った。

「多分、住之江さんとは違う提案ができると思います」

生野が目を丸くする。

「トモナリギフトのことはご存知ですか？」

「いえ、提携を断ることばかり考えていて、あまり詳しくは……」

「ではこちらの資料をご覧ください」

恐らくトモナリギフトがIT企業だと分かった時点で、それ以上調べる気をなくしたのだろう。その理由に俺は心当たりがあった。

まずはモニターにトモナリギフトの資料を映し、生野に見せる。

「トモナリギフトは、ギフトに特化した通販サービスを運営しています。だから扱う品々は相手に礼を欠かない高品質なものばかりです。冠婚葬祭の贈り物をする際にも、うってつけのサービスになっています」

冠婚葬祭の贈り物で、安っぽいものは選べない。その点、うちは相性がいいだろう。

ギフト市場を分析すると、確実に冠婚葬祭との結びつきは見えてくる。結婚祝い成人祝いなど、冠婚葬祭はギフトを贈ることが通例となっているイベントだ。

だから住之江さんも、間違いなく生野に声をかけているだろうと予想していた。住之江さんが手掛ける通販の中には冠婚葬祭のカテゴリがあったから、あのビジネスを伸ばしたいと思っているならブライダル業界最大手と手を組みたいと思うに違いない。

そこまでは、俺も全く同じ考えを持っているが――。

「ただ、ここでお伝えしておきたいのは、トモナリギフトは必ずしもネット上でのやり取りにこだわっているわけではないということです」

「……というと？」

生野が明らかに食いついた。

生野はきっと、俺が住之江さんと同じ提案をすると思っているのだろう。

でも違う。俺と住之江さんではビジョンが異なる。

「トモナリギフトの理念は、気軽に物を贈り合う関係の素晴らしさやかっこよさを啓発することです。主戦場こそ通販ですが、それ以外でもユーザーの需要に応えたいと思っています。実際、ネット環境に依存しないカタログギフト事業も始めました」

カタログギフト事業のデータを生野に見せる。

生野は真剣な表情でそのデータを見つめていた。

「どうですか？」

俺は生野を真っ直ぐ見て、訊いた。

「やりたいこと、近いですよね？」

図星だったのか、生野は声を出さずに驚いた。

「ウェディング・ニーズの企業情報を調べると、今後はＩＴ化やＤＸ化を進めていきたいと書いていましたが、俺にはこれが本音ではないように感じました。……本当は今までと変わらない、伝統的なやり方にこだわりたいんですよね？」

昨今はどの企業も、業務を効率化するためにＩＴ技術の導入を検討している。ＩＴ化もＤＸ化も似たような意味だが、厳密に言えばＩＴ化は業務を効率化するためのもので、ＤＸ化はデジタル技術を用いた更なる業務の創出を指す。

ウェディング・ニーズはＤＸ化を検討していると書いていた。

でも、俺にはそれが真実ではないように感じた。

データの奥に見えた顔……生野の表情が、曇っているように見えたのだ。

「……友成君の言う通りです」

生野は指を組んで語り出す。

「実を言うと、僕はほとんど親の言いなりなんです。マネジメント・ゲームは経済界から注目されているから、両親は僕に任せるのが不安みたいで……ＤＸ化の件も親が決めたことなんです。でも本音を言うと、僕は昔ながらの伝統的で格式にこだわったサービスを貫きたい。最近は結婚式のオンライン開催やライブ配信なんてものもできていますが、僕はああいうのには反対です。手間暇をかけて得られる思い出の大切さ……それをうちのサービスを通して啓発したいと思っていました」

きっとそれが生野の本音なんだろうな、と俺は予想していた。

だからこそ、俺の提案は彼に届くと思っている。

「求めているのは効率化ではなく、文化の啓発。その点で俺たちはビジョンを共有できると思います。たとえばトモナリギフトでは、ラッピングや熨斗などの複雑なマナーをサイト内で分かりやすく解説しています。ここに結婚に関する情報も載せられるんです」

勿論、トモナリギフトの通販サービスと冠婚葬祭の相性も先程伝えた通りだ。

だがそれ以上に、俺が生野に提案するのは、生野が望んでいる結婚観を啓発するための場所である。幸いその土壌は既にできていた。

「どうか、俺の会社と提携してくれませんか？　ウェディング・ニーズに協力してもらえば、冠婚葬祭に関するサービスを大幅に向上できます」

対価として、俺は住之江さんの買収から逃れるための後ろ盾と、冠婚葬祭に関するサービスの向上を狙いたい。

そんな俺の提案を、生野はしばらく考えて答えた。

「……最初は、断ろうと思っていました」

生野はどこか観念したように告げる。

「僕自身はDX化に興味がないから、IT企業との提携には懐疑的でした。住之江さんもDX化を推進する方針で僕に提携を持ちかけてきましたから、両親に知られる前に断ったんです。……そもそも親の言いなりの時点で、ゲームのやる気もそこまでなかった」

そう言って、生野は俺を見た。

その目は話し始めた時と比べて活き活きとしていた。

「でも、友成君が僕の本音を言い当ててくれて、嬉しく思いました。……折角のマネジメント・ゲーム。これを機に、僕は僕のやりたいことをやろうと思います」

生野が頭を下げる。

「資本業務提携を受け入れます。友成君の会社に投資させてください」

「ありがとうございます」

生野よりも深々と頭を下げる。

心の中で安堵していると、生野が不思議そうにこちらを見た。

「でも……なんで僕のやりたいことが分かったんですか？」

DX化を進めるという方針は、生野自身の意思ではなかった。それを何故、見抜くことができたのか生野は質問した。

当然の質問だが、俺はその答えを言語化する術を知らない。

雰囲気、或いは感覚で分かったからだ。

だから……。

「……なんとなくです」

苦笑いして、そう答えるしかなかった。

エピローグ

後日、トモナリギフト株式会社が第三者割当増資に成功したというニュースが公開された。引き受け先はウェディング・ニーズ株式会社と、生野が後ほど紹介してくれた信頼できるブライダル業界の大企業……計二社だ。

これによって、トモナリギフトはＳＩＳの侵攻を食い止めることに成功した。増資を引き受けてくれた二社はうちの株を手放さないことを約束してくれたため、住之江さんのトモナリギフトに対する経営権がこれ以上増えることはない。引き受け先の二社がトモナリギフトの株を売り払わないという約束は絶対不変とは言い難いが、その約束を反故にしてトモナリギフトが損害を受けると、業務提携しているウェディング・ニーズも不利益を被るため、当面はまず問題ないだろう。

学院に登校した俺は、そこで住之江さんを見つけた。

住之江さんは周りの生徒たちから視線を注がれていた。……俺も同じである。マネジメント・ゲームが現実に与える影響は計り知れない。

俺と住之江さんの買収騒動は、恐らく今回のマネジメント・ゲームで現状最も大きな事件となった。初対面の生野も知っていたし、この件の結末も皆知っているのだろう。

「住之江さん」

教室に向かう住之江さんに声をかけた。

「あら、友成さん。罵詈雑言でも浴びせに来ましたか？」

「しませんよ、そんなの」

互いが互いを睨み合う関係はもう終わったのだ。そんなことはしたくない。……いや、仮にこの件がまだ終わってなくても罵詈雑言を吐く気はないが。

確かに住之江さんとは敵対したが、俺は住之江さんに悪い感情は抱いていなかった。

「業界最大手を目指すなら、ああいう強引な手段を使う必要もあると思います。ファンドを買収するなんて発想、俺には思いつきませんでしたし……今回、住之江さんからは色々学ばせてもらいました」

「……貴方は人がよすぎますね」

住之江さんは小さく溜息を吐いた。

「トモナリギフトの株はもう集めません。買収は難しそうですし、これ以上の資金を費やすのは損だと判断しました」

「……そうですか」

それはよかった。

これ以上の闘争は確実に泥沼化する。足を引っ張り合っている間に競合他社に食われるリスクもあるし、ここが潮時と判断してくれたのはありがたい。

「住之江さん。よければ今日の放課後、お茶会でもしませんか？」

「はい？」

俺の提案に、住之江さんは心底不可解な様子を見せた。

「一件落着しましたし、これからは友好関係を築けたらいいなと」

「……なるほど」

住之江さんは俺の意図を理解したように頷くが、

「でも貴方は、法人向けの通販を始めるのでしょう？」

「そこは譲る気はありません」

今後、ギフト市場の法人向け通販サービスに関しては、うちに軍配が上がるだろう。

トモナリギフトはウェディング・ニーズとの提携を切っ掛けに、冠婚葬祭のギフトをより本格的に扱う予定だ。ウェディング・ニーズとの提携という実績があれば、ブライダル業界は勿論、他の業界との繋がりも期待できる。

俺はトモナリギフトをもっと大きな会社にしたい。

だからここで足を止める気はなかった。

「……お茶会に参加します。敗者は勝者の要求を呑むものですからね」

「そんな勝ち負けというほどでは……」

「どこからどう見ても貴方の勝ちですよ」

住之江さんが微かに笑った。

まあ、本人がそれで気に病まないなら別にいいか。

「じゃあ放課後、カフェで集合にしましょう」

「分かりました」

「ちなみに、お茶会には天王寺さんも呼んでいます」

「…………急用を思い出しましたので、今日は遠慮させていただきますね」

「大丈夫ですから。一緒に行きましょう」

「い、嫌です……緊張して死んじゃいます……っ！」

急に住之江さんが真っ青な顔をした。

「前は普通に喋れていたじゃないですか」

「虚勢ですよ！」

「そんなはっきり言われても……」

本当にこの人は、天王寺さんのことになると人が変わるな……。

必死の形相で俺の服を掴む住之江さんは、しかしそこで何かに思い至ったのか、視線を下げて考え込む。

「………………やっぱり、行きます」

小さな声で住之江さんは言った。

「天王寺様に、謝らなければいけませんので」

◆

放課後。

俺と住之江さんがいつものカフェで店員に飲み物を注文していると、天王寺さんがテーブルに近づいてきた。

「お待たせしましたわ」

「いえ、俺たちも今来たところです」

天王寺さんもすぐに紅茶を注文する。

――本当は、今日はお茶会同盟の皆と集まる予定だった。

でも、今回は住之江さんと改めて話したかったので、こちらを優先させてもらった。天王寺さんも俺たちの気持ちを察してか、事前に了承してくれている。

しばらくすると三人分の飲み物が運ばれてきた。

天王寺さんは紅茶の入ったカップを口元まで持ち上げる。

「ここの紅茶もなかなかですわね」

独り言を口にする天王寺さんを見て、住之江さんは恐る恐る口を開いた。

「……あの」

住之江さんは、俺と天王寺さんの方を見る。

「この間の発言は、撤回いたします。……友成さんが、天王寺さんを堕落させたというのは間違いでした」

住之江さんが深々と頭を下げる。そんな彼女を天王寺さんは真っ直ぐ見つめ、

「貴女の謝罪、確かに受け止めましたわ」

天王寺さんは住之江さんを許した。

住之江さんにとってこれは、けじめをつけるための謝罪だった。マネジメント・ゲームは生徒同士の競い合いも想定されているため、トモナリギフトとSISが争ったことにつ

いては咎められることはない。ただ、住之江さんはそこにほんの少しだけ、ゲームの枠を超えた諍いを持ち込んでしまった。

これを消化しないと、今回の件が終わったとは言えない。

だから住之江さんは謝罪した。……ちゃんと皆と仲直りするために。

「わたくしはもう怒っていません。……ただ純粋に気になるのですが、住之江さんはどうしてわたくしが友成さんのせいで堕落したと思っていたのですか？」

「それは……」

住之江さんは答えにくそうに複雑な顔をした。

しかし結局、それを話さないと本当の意味で蟠りが消えることはないだろう。なので俺は、住之江さんの代わりに口を開いた。

「住之江さんは、天王寺さんを凄く尊敬しているんですよ」

「ちょ――っ」

住之江さんが青褪めた顔でこちらを見る。

話はまだ終わってないから、できれば静かに聞いてほしい。

「だからこそ、天王寺さんの変化に戸惑ったみたいです。……住之江さんなりに、天王寺さんのことを心配していたんだと思います」

別に住之江さんが天王寺さんを愛してやまないというところまで説明する気はない。そこまで説明しなくても、今ので充分伝わったはずだ。

話を聞いた天王寺さんは、自分の中で辻褄が合ったのか深く頷き、

「住之江さん。実はわたくし、最近成績がどんどん上がっているのですわ」

そんな天王寺さんの近況報告を聞いて、住之江さんは目を丸くした。

「わたくしは今まで自他ともに認めるほどストイックでしたが、きっと無自覚にストレスを抱えていたのでしょう。……わたくしも所詮は人。目標のためならどんな苦行でも耐えられると思っていましたが、どうやらそうではなかったようですわ」

確かに、以前の天王寺さんはストイックだった。

そして内側に抱えたストレスを、誰にも吐き出さないような人だった。

「詳細は省きますが、わたくしは友成さんのおかげで、人生に大きなゆとりができましたの。その結果、わたくしは自分の弱さと向き合い、伸び伸びと努力できるようになったのですわ。……ですからわたくしにとって、友成さんは恩人そのものです」

縁談を断った件について言っているのだろう。

恩人なんて言われると気恥ずかしいが、改めてあの時、天王寺さんを止めてよかったと思う。……縁談が成立していたら、天王寺さんは貴皇学院を去っていたわけだから、今頃

はもう俺たちの前から姿を消している。

「それに、住之江さんは知らないかもしれませんが、わたくしは今回のマネジメント・ゲームを通して生徒会を目指しているのですわ」

「……そうなのですか？」

「ええ。ですから野心を失ったつもりはございません」

天王寺さんは、変化こそしたが、腑抜けになったわけではない。

それは俺もよく知っている。

「ちなみに、友成さんも目指していますわ」

「え……」

「こう見えて、なかなか野心的な方でしょう？」

住之江さんにまじまじと見つめられる。

俺は苦笑した。

「分不相応な自覚はありますが、天王寺さんの言う通り、俺も生徒会を目指しています」

未だに、口に出す度に心拍数が上がってしまうほどの高い目標だった。

でも吐いた唾は飲めない。夏休みの最後に元同級生たちと話して、不退転の覚悟を手に入れた。俺はもう尻込みしても仕方ないところまで来ている。

「分不相応……以前の私なら頷いていましたが、今はそう思いません」

住之江さんは神妙な面持ちで言った。

「周りを見てください」

周り？

意図が分からなかったが、言われた通り周りに視線を向けてみる。

マネジメント・ゲームが始まってから、カフェは一層賑わうようになった。皆、人と落ち着いて話せる場所が欲しいのだろう。

そんなカフェに集まる生徒たちは、チラチラと俺たちの方を注目していた。

天王寺グループの令嬢である天王寺さんや、大手ＩＴ企業の令嬢である住之江さんが注目されるのは分かるが……自意識過剰でなければ、俺が一番見られている気がする。

「今回の買収騒動は学院中から注目を集めていました。だからこそ、その勝者である貴方は今、学院中から実力を認められています。……圧倒的に格上の企業から勝負を仕掛けられたものの、見事退けてみせた凄腕の経営者として」

そんなふうに思われているのか……。

むず痒い気持ちだが、今回ばかりは嬉しさが勝った。

雛子たちの隣に相応しい人間になりたいと思っていた俺にとって、その評価は一番欲しかったものだ。

……今までとは視線の質が違う。

これはきっと自惚れではない。──俺は今、皆から尊敬されている。

同等の相手としてではなく、それ以上の相手として認められている。

「……っ」

感極まった俺は、テーブルの下で拳を握り締めた。

「どうかしましたか、友成さん？」

「いえ……そんなふうに認めてもらえたことが、嬉しくて」

「今更実感が湧いたんですか」

住之江さんが苦笑した。

「天王寺さんが、友成さんと一緒にいる理由が分かりました。……お二人は、肩を並べることで互いに刺激し合っているのですね」

「ええ！　その通りですわ！」

天王寺さんはどこか誇らしげに言った。

そんな天王寺さんを見て、住之江さんは……。

「……羨ましいですね」

か細く、風に掻き消されるほどの小さな声で呟く。

しかしその声を天王寺さんは聞き逃さなかった。

「あら、わたくしは貴女とも同じ関係になれると思いますわよ」

「え……」

「今回の買収騒動、立場を抜きにすればとても面白かったですわ。……やはりわたくしの人を見る目は間違いありませんわね」

天王寺さんは「ふふん」と得意げに言う。

「マネジメント・ゲームはまだ折り返し地点ですわ。なんなら、これからはわたくしを倒すつもりで来てくださっても結構ですのよ？」

「そ、そんな恐れ多いこと……」

「もう、なかなか伝わってくれませんわね」

天王寺さんは優しく微笑んだ。

「わたくしは、貴女とも切磋琢磨したいと言っているのですわ」

「──っ」

住之江さんは、まさかそんなことを言われるなんて思わなかったのか、ぽかんと口を開いたまま硬直した。

そんな住之江さんを見て、天王寺さんは満足そうな顔で立ち上がる。

「では、わたくしはそろそろ失礼いたしますわ。……お二人に触発されたので、今日は会合の約束がいっぱいありますの」

そう言って天王寺さんはカフェを去った。

同時に、ポケットに入れていたスマートフォンが振動する。

硬直する住之江さんに一応頭を下げてから、着信に出た。

『お疲れ様です、伊月さん』

「静音さん……どうしました？」

『本日はいつお帰りになるか、知りたかったので』

そういえば帰りがいつになりそうかまだ伝えていなかった。

どうしよう、用はもう済んだが……。

『伊月……今日は、お祝いだから』

雛子の声が聞こえた。

静音さんと一緒にいるらしい。

「お祝い？」

『ん。……伊月の祝勝会』

そうだったのか。

折角そんなイベントを考えてくれているなら、今日はもう帰ろう。

「すぐ帰ります」

『分かりました。車を近くに待機させていますので、学院に向かわせますね』

流石、静音さん。手際がいい。

通話が終わり、俺は鞄片手に立ち上がった。

「では、住之江さん。俺も今日はこれで失礼します」

軽く挨拶をして帰るつもりだったが……。

「……住之江さん？」

反応がない。

先程からずっと黙っているが、何かあったのだろうか？

近づいて、顔を覗き込んでみると…………。

「し、死んでる……っ⁉」

「……死んでません」

真っ白に燃え尽きていた住之江さんが、か細い声で返事をする。

天王寺さんから実力を認められたことがよほど嬉しかったのだろう、住之江さんの精神力は色んな意味で限界のようだった。

「……結局、貴方は最後まで私を責めませんでしたね」

住之江さんは微かに目を伏せて言う。

「貴方の周りに人が集まる理由……よく分かりました。真っ直ぐで、一生懸命だから、皆応援したくなるんですね」

どこか清々しい様子で、住之江さんは言った。

まるで敗北宣言でもしているかのようだ。……だとすると俺は頷けない。

「それは、住之江さんも同じだと思います」

目を丸くする住之江さんに、俺は続けた。

「買収を仕掛けられた際、ＳＩＳ株式会社について調べてみたんです。すると、業績が右肩上がりであることに気づいて……住之江さんも頑張っていることが分かりました。そう思うと責める気持ちも湧かないというか、むしろこっちもやる気が湧いたというか……」

結果論かもしれないが、事実、俺は住之江さんが切っ掛けで一層真剣に経営を学んだ。

会社が買収されるかもしれないという危機感は勿論あった。でもそれ以上に、住之江さんの努力の跡が見えたから、俺も頑張ろうと思ったのだ。

「あれだけの業績を出すには、一朝一夕の努力では足りないはずです。住之江さんは日頃から経営の勉強をしていたんですね」

「それは、まあ……」

ファンドの買収なんて、よほど会社に余裕がないとできないことだ。その余裕を生み出した住之江さんの手腕は賞賛するしかない。

天王寺さんは去年、住之江さんの能力に気づいて声をかけたと言っていた。よく考えればその時点から住之江さんは頑張っていたのだろう。持って生まれた才能はあるかもしれないが、あの雛子だって嫌々ではあるが毎日勉強しているのだ。学院内で雛子と肩を並べられる成績の住之江さんが努力を怠っていたわけがない。住之江さんは当時の自分を「目標がない日々を送っていた」と言っていたが、それでもやるべきことはやっていたのだ。

真っ直ぐで、一生懸命で、皆が応援したくなる人……。

それは住之江さんのことだ。

「一年前、天王寺さんが住之江さんに声をかけた理由が分かりました。住之江さんは努力家だったんですね」

おかげさまで、俺もいい影響を受けたと思う。

そんな俺の気持ちを聞いて、住之江さんは……。

「……住之江さん？」

また返事をしなくなった。

しかし今回は、真っ白に燃え尽きているわけではなく、耳まで顔を真っ赤にして——。

「わ、私は……っ!!　貴方なんかに、籠絡されませんからね……っ!!」

籠絡するつもりなんてないが……。

真っ赤な顔でそう告げる住之江さんを見て、俺は苦笑いしかできなかった。

あとがき

坂石遊作です。

六巻を手に取っていただきありがとうございます。

あとがきから読む方も一定数いらっしゃるようなので是非言わせてください。――今回は頑張りました！　たくさん調べて書きました！　ていうか理系が書く内容じゃねぇ！

とにかく頑張りましたので、お読みいただければ幸いです……。

流石に今回はあとがきで書けることも多いので、既に筆が止まりません。久しぶりに気持ちよくあとがきを書いていきたいと思います。

●マネジメント・ゲーム編について
六巻は今までの『才女のお世話』とは少し毛色の違った内容になっていますが、これには理由があります。

皆さんも薄々感じていると思いますが、本シリーズは四巻の時点で「一周したな」という感じがあったと思います。雛子、天王寺さん、成香、百合……この四人のエピソードが終わり、更に五巻で伊月と雛子の変化も書きました。

ここで六巻以降のストーリーについて悩みました。定石通りでいくなら二周目に入るべきかと思ったのですが、僕はずっとこの作品のある部分が気になっていました。それは『才女のお世話』はあんまり時流に乗った王道の世界観とは言い難いこと、にも拘わらずストーリーはわりと王道寄りなことです。

バランスがいいと評価できるかもしれませんが、同時に僕は「それって世界観を活かし切れていないってことでは？」という疑問を持ちました。もしかすると『才女のお世話』には『才女のお世話』にしかできないラブコメがあるんじゃないかと思いました。

それを模索した結果、マネジメント・ゲーム編が生まれました。

この作品に登場する人物たちは皆、将来大きな会社を動かす立場になります。雛子や天王寺さん、成香、百合、伊月、旭さんに大正……彼らは将来、どんなふうに会社を経営していくのか。その疑問に答えることが、マネジメント・ゲーム編の目的の一つです。

ビジネス×ラブコメという、ちょっと変わったジャンルになりましたが、思えば『才女のお世話』は最初からそういう雰囲気がありました。むしろ今までの積み重ねがあったからこそ、こういう話が書けました。

今までの小さな伏線が、作者である僕ですら知らないところで勝手に積み重なって、一気に爆発したような……マネジメント・ゲーム編はそうやって生まれた気がします。

勿論、従来の『才女のお世話』を崩さないように意識もしました。そこは担当さんにも凄く注意するよう言われましたので、なんとか二人三脚で乗り越えられたのではないかと思います。ですからマネジメント・ゲーム編は新しい内容ですが、ちゃんと今までの『才女のお世話』が好きだった人にも刺さるものだと思っています。

多分一巻でこの内容をやると、もっとがっつり……ちょっと独善的なレベルでビジネスの話ばかりを書いていたと思います。そうならないように今までの『才女のお世話』が僕を止めてくれました。ありがとう『才女のお世話』……。

という感じで、なかなか勇気のいる内容でしたが、楽しんでいただければ幸いです。

後編の七巻も頑張って書きます。

●皆が経営している会社について
そういえば六巻では、地味に成香の実家であるスポーツ用品メーカーの社名が初めて出ました。旭さんや大正の実家で察しがついた方もいるかと思いますが、本作で登場する会社は今のところほぼ全てモデルがあります。此花グループも天王寺グループも、住之江さんのＳＩＳも、全部モデルはあります。ただ、あんまりモデルに引っ張られないよう意識していますので、数字など全てをモデルに合わせるつもりはありません。

唯一、伊月が経営する会社だけモデルはありませんが、似たような会社は現実で幾つも存在します。ギフト市場という、だいぶニッチなところに目をつけた伊月ですが、実は現実でもコロナ特需でちょっぴり盛り上がった市場ではありますので、これを機に興味を持っていただくのも楽しいかもしれません。

●社名について

本編では伊月の会社名が雑だったので、旭さんたちにいじられていました。

先述の通り、作中で登場する大体の会社にはモデルがありますので、会社の名前もそちらに合わせることもあります。ただ、別にこちらも制限をかけているわけではありませんので臨機応変に考えています。

実在する社名で個人的に感動したのはブリヂ○トンです。創業者である石橋さんの名前からとってきたらしいですが、どうやら海外進出を考えてまずストーン・ブリッヂに。しかしそれでは語呂が悪いので逆にして今の形に至ったとか。最終的にこんなスタイリッシュな形になるとは、天才すぎる。

完全に余談ですが、僕はテニス部時代にブ○ヂストンのラケットを愛用していました。なんか通な感じがして……めっちゃ重かったけど……。

【謝辞】

本作の執筆を進めるにあたり、ご関係者の皆様には大変お世話になりました。本当にお世話になりました。担当様、六巻という落ち着いてきたタイミングで急に挑戦的なことをしてしまって申し訳ございません。それでもGOサインを出していただき本当にありがとうございます。みわべさくら先生、今回もヒロインを魅力的に描いていただきありがとうございます。新キャラの住之江さん、清楚でとても可愛いです。タペストリーのバニーガール天王寺さんも超絶美しくて感動しました。

最後に、この本を取っていただいた読者の皆様へ、最大級の感謝を。

https://firecross.jp/

才女のお世話 6

高嶺の花だらけな名門校で、学院一のお嬢様（生活能力皆無）を陰ながらお世話することになりました

2023年7月1日　初版発行

著者――坂石遊作

発行者―松下大介
発行所―株式会社ホビージャパン

〒151-0053
東京都渋谷区代々木2-15-8
電話　03(5304)7604（編集）
03(5304)9112（営業）

印刷所――大日本印刷株式会社

装丁――coil／株式会社エストール

ISBN978-4-7986-3220-9　C0193

ファンレター、作品のご感想
お待ちしております

〒151-0053　東京都渋谷区代々木2-15-8
(株)ホビージャパン HJ文庫編集部 気付
坂石遊作 先生／みわべさくら 先生

アンケートは
Web上にて
受け付けております

https://questant.jp/q/hjbunko

● 一部対応していない端末があります。
● サイトへのアクセスにかかる通信費はご負担ください。
● 中学生以下の方は、保護者の了承を得てからご回答ください。
● ご回答頂けた方の中から抽選で毎月10名様に、
HJ文庫オリジナルグッズをお贈りいたします。